A Maldição do Silêncio

A maldição do silêncio

Diretoria de conteúdo e inovação pedagógica Mário Ghio Júnior
Diretoria editorial Lidiane Vivaldini Olo
Gerência editorial Paulo Nascimento Verano
Edição Fabiane Zorn

Arte
Ricardo de Gan Braga (superv.), Soraia Pauli Scarpa (coord.) e Thatiana Kalaes (assist.)
Projeto gráfico Elisa von Randow
Lettering Samuel Casal

Revisão
Hélia de Jesus Gonsaga (ger.), Rosângela Muricy (coord.), Célia Carvalho, e Brenda Morais (estag.)

Iconografia
Sílvio Kligin (superv.), Cesar Wolf e Fernanda Crevin (tratamento de imagem)
Crédito das imagens p. 112 e 113: acervo pessoal; demais fotos: Renato Parada

CIP-BRASIL. CATALOGAÇÃO NA FONTE
SINDICATO NACIONAL DOS EDITORES DE LIVROS, RJ

K98m

Kupstas, Marcia, 1957-
A maldição do silêncio / Marcia Kupstas ; ilustração Samuel Casal. - 1. ed. - São Paulo : Ática, 2015.
120 p.: il. (Marcia Kupstas)

Apêndice
Inclui bibliografia
ISBN 978-85-08-17209-2

1. Mistério - Ficção infantojuvenil. 2. Ficção infantojuvenil brasileira. I. Casal, Samuel. II. Título. III. Série.

15-22139. CDD: 028.5
CDU: 087.5

Código da obra CL 738780
CAE 545821

2023
1ª edição
7ª impressão
Impressão e acabamento: Bartira

editora ática
Direitos desta edição cedidos à Editora Ática S.A., 2015
Avenida das Nações Unidas, 7221
Pinheiros – São Paulo – SP – CEP 05425-902
Atendimento ao cliente: (0XX11) 4003-3061 – atendimento@aticascipione.com.br
www.aticascipione.com.br

MARCIA KUPSTAS

A Maldição do Silêncio

Ilustrações de Samuel Casal

editora ática

SE EU TIVESSE de usar um adjetivo para *A maldição do silêncio*, diria que é um livro ambíguo, em que nada é o que parece ser.

Uma sinopse simplória aponta para um comovente romance juvenil: numa visita de caridade, Ricardo acompanha a avó até a casa de uma família marcada pela tragédia e pela pobreza. Lá, ele fica amigo de João, um menino com uma grave doença. Mas João não é um moribundo patético. Ele revela ter poderes paranormais e manipula a todos: a mãe, as visitas piedosas, o médico, o irmão deficiente... Conseguiria João manipular até a morte?

Este, que é o meu segundo livro, apresenta um clima bem mais denso do que outros de minha carreira. A estreia, em 1986, com *Crescer é perigoso*, teve imenso sucesso. Quis evitar a pecha de "escritora de um enredo só" e, na sequência, procurei uma história bem diferente. A expressão "maldição do silêncio" surgiu de um importante conto de Edgar Allan Poe, o "pai" dos contos de terror e a quem muito admiro. Talvez o meu *A maldição do silêncio* tenha mais Poe do que Marcia Kupstas.

Confesso que me orgulho de ter escrito *A maldição do silêncio*. E nesses 30 anos desde seu lançamento reuni uma série de comentários de leitores assustados (e assombrados!) por seu enredo bizarro.

Um abraço,

Marcia Kupstas

SUMÁRIO

Com carinho especial para o amigo e médico Milton Seiji Fukujima e aos amigos que também "deram uma força", Maria Tereza Rangel Arruda Campos e Plínio Hungaro.

1. Conhecer João

PEDRA ALTA. Durante todos os anos, engraçado que eu sempre esperei ouvir o nome de Pedra Alta nos noticiários de tevê, manchetes de jornais. A cidadezinha de meus avós seria descoberta, viriam a público todos os acontecimentos de tanto tempo atrás. Mas isso não aconteceu. Mais estranho ainda é imaginar que eu possa ser a única testemunha. Ninguém mais sabe, ninguém — ou não desconfiaram de nada. Ou acharam tão impossível, tão louca a possibilidade, que ela já virou um daqueles mistérios que fazem a tradição dos "causos" contados de noite, quando o vento e o frio dão fôlego pra imaginação.

Mas eu não imaginei nada. Não estou mentindo. Naquela época, eu era um garoto. E talvez por isso os acontecimentos tenham ficado tão fortes na minha memória. Consigo me lembrar dos detalhes, consigo descrever João exatamente do jeito que o vi pela primeira vez, naquela tarde em que minha avó me levou junto numa visita piedosa à dona Frederica, a mãe dele.

— Você está com medo de mim — João, debaixo do cobertor com aquele calor todo, me dava medo mesmo. Só que eu não disse.

— Que nada.

— Verdade. Tá aqui a minha mão. Se você tem coragem, me cumprimenta.

Ouvi a voz de vovó, que conversava na cozinha com dona Rica, no andar de baixo. Apenas eu e João no quarto. Ele estendeu a mão e esperou. Eu mordi o lábio, lembrava das palavras de vovó: "Fica lá, conversa com ele". E enfatizou: "Não come nada, não põe a mão em nada!". Mas e a minha coragem? Ele era magrela, com um tapa eu derrubava. Derrubava gente maior que ele. A mão meio amarela e estendida. Mas os olhos... estavam brilhantes; os olhos dele riam de mim. Só depois, bem depois, poderia entender o que era aquilo na vida: cínico. Olhos cínicos.

Engraçado chamar João de cínico. Um cara de 13 anos, doente, lá pode ser cínico? O pior é que era. Naquele momento, era. E a mão magrinha dele, estendida para mim, como prova disso. Ficamos assim tanto tempo! Eu não era covarde.

Estendi a minha. E a gente se cumprimentou direito, os dedos todos entrelaçados, grudados. Apertando.

— Prazer. Eu sou o João.

— Ricardo Almeida Mascarenhas.

— Pra que o nome todo?

Pergunta besta. Em Pedra Alta eu sempre falava o nome todo. Isso agradava minha avó. Estranhei.

— Porque é o meu nome — respondi.

— Pra mim, você é só Ricardinho mesmo. Nome do teu avô? Besteira.

— Meu avô não é besteira.

— O *nome* dele sim. Eu vou morrer mesmo, e nome não vale nada depois que a gente morre.

— Não fala assim.

— Tua avó não disse? Todo mundo sabe. É verdade. Eu já sei faz tempo. Garanto que é isso que a mãe e a tua avó estão falando, lá embaixo. E a mãe chora, e a tua avó puxa duas ou três notas e dá pra ela. E fica nesse lero-lero de "Deus que sabe", "o destino"... bobagem assim.

Ele disse tudo isso olhando fixamente para a parede, como se visse através dela o que ia dizendo. Não confirmei com vovó se era verdade, mas eu a conhecia bem. Ela ainda era capaz de vir com aquela generosidade de campanha eleitoral, mesmo depois que vovô morreu e já não era mais candidato a nada.

— Você tá de férias, né?

— Fico aqui até fevereiro. Meus pais estão na Europa.

— Agora não tô mais na escola. Saí logo que o doutor Camargo achou a doença.

Eu continuava em pé, muito formal, olhando o menino doente na cama. Que lugar feio, meus Deus! Será que ficava deitado o tempo todo? E onde ele fazia xixi, se ali em cima não tinha banheiro, só o quarto dele encostado no quarto dos pais? As paredes tinham desenhos de mofo, uma lâmpada sem soquete, pendurada no fio descascado, quase na altura da minha testa. Duas camas. Um baú. Esse era o seu quarto, apenas isso. Pra passar dias e meses ali, fazendo o quê? Olhando pela janela, com uma árvore grande quase esfregando os galhos no vidro?

— Me abre a janela, Ricardo. Só um pouquinho.

Fui até lá, abri. Me apoiei na beirada e fiquei olhando para fora, sentindo os olhos de João na minha nuca. Não estava à vontade com ele. O que poderia falar, como puxar assunto? Me sentia um bobo. E tinha o pressentimento de que João era ruim e que me achava um menino mimado e riquinho.

— Você tá vendo o Branco lá embaixo? — ele perguntou.

Eu olhei o quintal de terra, galinhas ciscando no esgoto que corria a céu aberto, o tanque apoiado em duas pedras, a pequena horta e um balanço de corda amarrado numa árvore.

— Branco é o teu cachorro?

— Antes fosse — ele riu, achando a maior graça no que eu havia dito. — Branco, um cachorro? — caiu numa gargalhada, até começar a tossir e a tossir mais forte, e eu não entendi o motivo da graça.

Conseguiu se controlar. Tinha até lágrimas nos olhos.

— O Branco é o meu irmão. Tua avó não falou? Não contou tudo, que era pra você ficar morrendo de dó de mim, da gente, que a gente só tem desgraça na vida? Devia contar.

— Pois não tem ninguém lá embaixo.

— Então ele deve estar com a mãe. A mãe sempre mostra ele pras visitas, ainda mais visita importante que nem a tua avó. Ajuda na hora do pessoal dar esmola, sabe? Não que ela vá pedir, não é isso. Mas já virou mania na cidade. Dão comida, dinheiro. Faz a miséria dos outros parecer menor que a da gente. As pessoas se acham boazinhas, fazendo bonito diante de Deus. A mãe devia vender a gente pra um circo. Ia ficar rica. A dona Rica.

— Você só fala maldade.

— Você acha que é maldade?

— Acho. Acho que você faz de propósito, pra deixar os outros com raiva de você.

— Raiva é melhor que dó. Não gosto que tenham dó de mim. Do Branco. Da mãe. Ninguém é bonzinho porcaria nenhuma. Você mesmo, não veio aqui pra ser meu amigo. Só veio pra mostrar que é forte e é rico e tem dó do menino doente.

— Vim porque minha avó pediu.

— Tá vendo? Dá no mesmo.

E de novo os olhos brilhando, cínicos, fixos em mim. Fiquei vermelho. Era verdade, eu jamais entraria naquele cortiço em que eles moravam se não fosse pra "ser bom", pra ajudar vovó no gesto de caridade, distrair o menino doente, trazer frutas e conversar com o menino doente lá no fundo da cama, que ria e me encarava como se o divertisse muito ter estragado, dentro de mim, a farsazinha montada por vovó.

Dona Rica e vovó entraram no quarto. No rosto de João ocorreu instantaneamente uma transformação: o riso se diluiu, o brilho dos olhos se apagou e ele deixou cair o pescoço no travesseiro. A máscara da doença e da tranquilidade a merecer toda a piedade do mundo.

— Acredite em Deus, João. Você ainda vai sarar.

— Deus é grande, dona Mariinha — completou João.

— É sim. Você vai ver.

Reparei que vovó ficava a uma distância segura de João, enquanto falava mais algumas generalidades do tipo divino. O sorriso calmo que João tinha no rosto enganava à mãe dele e à vovó, mas não a mim. Ele não era bonzinho. Não era conformado coisíssima nenhuma. E, naquele instante, eu o detestei. Jurei a mim mesmo que jamais voltaria lá, enquanto repetia as despedidas de vovó e murmurava um "até breve".

No começo dessas minhas férias eu me sentia sufocado. Ou vovó queria me encher de atividades e passeios, ou queria me apresentar amigos, ou me levar com ela pra todo lado. Às vezes, acho que ela se esquecia dos meus 12 anos. Despejava um monte de conselhos e só faltava me dar a mão pra atravessar a rua. Em Pedra Alta, onde nem farol existia, os carros eram tão poucos que as pessoas andavam pelo meio da rua sem a menor preocupação de cidade grande.

Com o passar do tempo, fui conseguindo minha independência. Recusava ir com ela a algumas visitas, fazia meu próprio roteiro. E, quando ganhei a bicicleta, aí sim me senti liberto da sua vigilância.

Cinco dias depois do nosso primeiro encontro, fui casualmente dar com João sentado na porta da igreja. Não tinha obrigação de ir falar com ele — ele não era meu amigo e vovó não estava comigo naquele momento. Assim mesmo, encostei a bicicleta ao seu lado.

— Oi. Que é que você tá fazendo aqui?

— A mãe. Ela ainda acredita em Deus, na cura de Deus. Tá lá na missa.

— E por que você saiu?

— Não fiquei bem. Precisei de ar — e me olhou daquele jeito cínico: tinha arrancado um matinho e ia mastigando no canto da boca.

— Isso é mentira.

— Que é que você acha?

— Que é que eu acho? Que é mentira mesmo.

— Se você é papa-missa, vai lá, então. Eu não.

Desci da bicicleta e sentei ao lado dele. Não tinha motivo pra isso, mas era o tempo sobrando. Além disso, havia em João alguma coisa que me despertava a curiosidade.

— Bicicleta bonita.

— Minha avó que deu. Agora eu tô livre.

— Livre da avó?

— Mais ou menos isso.

— Não precisa mais fazer visita na marra.

— Por aí.

— Quantas vezes tua avó já contou da eleição do Mascarenhas?

— Umas cinco.

— Você tá com sorte. Eu já ouvi ela contar essa história umas vinte vezes pra mãe.

Nós dois rimos. Era uma das obsessões de vovó, a vez em que vovô se elegeu vice-prefeito: a posse, a visita do governador, quando ela foi primeira-dama na ausência do prefeito, as responsabilidades... Gostava de vovó. Mas ela conseguia ser muito chata.

— Eu bem queria andar de bicicleta. Nunca andei.

— Qualquer dia eu te levo na garupa. Você pode?

Fiz a oferta sem querer ser caridoso. Ele entendeu isso. Sorriu, e ficamos lá, olhando a praça, as pessoas. O dia estava bonito. João não estava tão mal-humorado, e era bom ter alguém da minha idade pra conversar. Os garotos que vovó tinha me apresentado eram o Kito, filho do comerciante mais rico da cidade, e o Gilberto, filho do presidente do Rotary. Os dois muito metidos.

— Eu vou cobrar tua oferta. Prometeu, tem de cumprir.

— Pode deixar.

A missa terminou, umas velhotas foram saindo. João deixou cair as pálpebras, quase que conseguiu ficar mais pálido, com uma expressão de cansaço no rosto. Nem parecia o mesmo que combinara um passeio comigo.

Dona Rica saiu por último, junto com o padre. Trazia pela mão um garoto loiro, pele muito branca, parecendo um albino. Era baixinho e no rosto e nos braços tinha marcas de pequenas feridas. Era o Branco.

Andava com esforço e não largou a mão da mãe. Não se parecia com ela nem com João. Nem com ninguém, pra falar a verdade. A boca aberta e a língua solta. Era *o Branco*, que eu pensei ser nome de cachorro. Fiquei tão impressionado com ele que não conseguia desviar os olhos enquanto dona Rica me cumprimentava e mandava lembranças para vovó. Era horrível, o Branco. Na época, eu não entendia como aquela mulher o segurava pela mão com carinho, ou como alguém poderia conviver com o cheiro forte que saía de sua pele. Olhei para João. Disfarçado, porque ele continuava com a expressão de "doente a pedir piedade". Piscou o olho. Eu sorri. Aí, ele imitou a expressão do Branco, e tive de fazer força pra não cair na gargalhada.

O padre se despediu deles e dona Rica ajudou João a se levantar. Levava cada filho por uma mão. Foram se afastando. Tive por um instante a vontade de pegar a bicicleta e ir atrás deles. Mas o padre veio me falar umas bobagens, e desisti. Os três iam lentos, diferentes. Por quê? Eu não sentia piedade nem tristeza. Talvez já estivesse curioso, quisesse ir até o fim na descoberta de um mistério. Um mistério que nesse dia eu nem podia imaginar.

Dois dias depois, encontrei por acaso uma cachoeira linda, a um quilômetro de Pedra Alta. Não ia pela estrada: eu pegava uma picada e atravessava os quintais de algumas casas — um caminho tranquilo para bicicletas. Fiquei tão contente com isso, com a possibilidade de tomar banho de cachoeira, com a beleza da água batendo nas pedras, com o sossego daquele canto, que voltei à casa de vovó para buscar um calção de banho e resolvi passar pela casa de João. Era minha promessa, e também queria dividir a descoberta com alguém menos apavorado do que vovó e seus medos de resfriado e gripe.

Ele parecia me esperar. Não estava no quarto, e sim naquele quintalzinho dos fundos da casa, tomando sol numa cadeira. Eu cheguei devagar e dona Rica me conduziu até lá. Ele estava de olhos fechados, tão pálido e magrinho; o pijama aberto no peito, por onde se viam suas costelas sob a pele transparente. Não sabia se ele estava dormindo ou não. Tolice a minha, querer levar um garoto tão doente para um passeio no campo! Dona Rica se afastou e quase que fui atrás dela.

— Oi, Ricardo — ele falou, ainda de olhos fechados.

— Como você sabia que era eu?

— Ouvindo. Os passos da mãe eu conheço; os do Branco, também. Meu pai só vem de noite. Só podia ser você — abriu os olhos, virou a cadeira para ficar de frente pra mim. — Quer dizer que a gente vai dar um passeio?!

— Você pode?

— Acho que sim. Mas você tem de ir devagar. Bem devagarinho. Às vezes, eu fico com falta de ar. E não posso correr. Nem andar depressa.

— Então vam'bora.

— Minha mãe não vai deixar.

— Aaaaah.

— Mas eu vou assim mesmo. Faz o seguinte: você sai e dá a volta com a bicicleta até aqui atrás. Eu falo pra ela que vou tomar sol ali no fundo do quintal. É só passar pelo arame e pronto.

— E ela não vai...

— Depois eu invento que quis andar por aí. Tudo bem.

Foi o que a gente fez. João teve de ir de pijama, pra não despertar suspeitas na mãe. Não me passou pela cabeça que pudesse ser perigoso ou que João estivesse realmente mal. Talvez eu acreditasse mesmo que ele fingia muito ou que leucemia apenas deixava o cara branco e magro — só isso — até sumir. Igual uma vela derretendo. E João não me disse nada de diferente: pediu apenas que eu andasse mais devagar.

Por isso levei um susto enorme quando, depois de pedalar uns quinhentos metros, já tendo subido e descido o morro e invadido o quintal de duas casas, a voz rouca de João me mandou parar.

Virei pra ele e quase joguei a bicicleta e nós dois no chão.

— João! Pelo amor de Deus, o quê... — Do nariz dele corria um fio grosso de sangue. Ele fazia gestos com a mão e se esticou no chão, cabeça para cima. Lenço, toalha, eu não tinha nada ali. Arranquei minha camiseta e tentei parar o sangue. Estava tão nervoso e preocupado que quase afogava João, apertando o pano sobre o seu nariz.

— Para, sua besta! Desse jeito você me mata! — Ele sentou-se e o sangue continuou correndo.

João fungou algumas vezes, levantou a cabeça de novo. Ia fungando e limpando o sangue.

— Por que você não falou nada? Droga, eu não devia...

Ele sentou de novo, devagarinho.

— Me convidar, é? Um pamonha doente que nem eu não presta pra ser amigo, né?

— Eu não sabia, João. Orra, você...

— Tá tudo bem. Fica calmo. Agora tá bem. Já parou. Vam'bora.

— Vam'bora... pra onde? Você tá maluco?

— Escuta, você me falou da cachoeira. Eu sei qual é. É lindona. Talvez nunca mais veja a cachoeira se não for agora, e eu quero ir. Ou você me leva ou vou a pé. E aí sim, se eu me machucar, a culpa é tua.

Ele levantou e tentou erguer a bicicleta. Corri e arranquei da mão dele. *Nunca mais vou fazer isso*, eu pensava. *Minha avó, se soubesse!... Ou a mãe dele!*

Não sei como conseguimos chegar, de tão devagarinho que eu fui pedalando. Sofria a cada pedra ou buraco. Prendia a respiração como se fosse eu que pudesse sangrar, eu que estivesse fraco daquele jeito.

Chegamos, nem olhei direito a cachoeira. Fiz João descer e sentar no chão. Encarava-o, para ver se não sangrava, se não sofria.

— Tudo bem?

— Agora tá tudo bem, sim. Tó sua camiseta.

— Que puta susto, João.

— É sempre assim. Não esquenta. Eu sangro por qualquer coisa. Às vezes, tô dormindo e acordo com nariz sangrando. Olha meus dentes: a gengiva tá toda vermelha, não tá? Qualquer coisa, sai sangue.

— Não dói?

— Dói nada, nada — fungou mais alto.

— É melhor lavar a camiseta, senão tua avó...

— É mesmo.

— Vai nadar. Eu fico aqui. É bonito mesmo. O nome dessa cachoeira é Rosinha. Mas sabe que a gente não pode entrar aqui?

— Não pode?

— Não. Aqui é o sítio do seu Benedito. Ele cercou tudo. Teve vez que deu até tiro em quem entrou.

— E *agora* você me diz isso? — Olhei em volta, como se atrás de cada moita pudesse haver um cara bravo com uma espingarda.

— Se ele ainda não apareceu, não vem mais. Vai em frente, Ricardo!

João estava tão calmo que parecia provocação. E era. Ele sabia do perigo da aventura e estava me testando. Se ele não tinha medo, eu também não ia ficar atrás. Tirei as calças: o calção de banho estava por baixo. Enquanto isso, João lavou a camiseta suja, para tirar as marcas de sangue. Deixei-a secando sobre uma pedra, onde batia um raio de sol. João segurava os joelhos e me encarava. Fui entrando na água.

— Tá fria de doer!

Criei coragem e mergulhei por completo. Algumas braçadas e estava na cachoeira. Era uma delícia. A sensação da água gelada caindo vinha tão forte que mal deixava a gente respirar.

Saí logo depois e me estiquei noutra pedra, secando o corpo. Estava todo arrepiado.

— Se eu fizesse isso, acabava tudo de vez. Doutor Camargo falou que o pior é a pneumonia.

— Jura?

— É. Sangramento, gripe, febre... tudo bem. A pneumonia é que é o cão.

João falava isso com o rosto calmo, quase feliz. Ficou olhando a cachoeira; eu também fiquei prestando atenção naquele sossego, ouvindo canto de passarinho. E as borboletas ali eram azuis, e não tinha vento nem nada. Me levantei e dei uns pulinhos para esquentar o corpo.

— Você é forte.

— Faço judô lá em São Paulo. Faixa laranja. Ganhei um monte de campeonatos.

— Deve ser bom ser rico.

— A gente não é rico.

— Não? Então o que é que vocês são?

— Sei lá. Classe média.

— Então queria saber quem é rico.

Lembrei do meu videogame, da minha máquina fotográfica, das TVs coloridas lá de casa, de todos os eletrodomésticos que mamãe tinha na cozinha. Nossos dois automóveis, a casa da praia. Meus pais na Europa, aproveitando dois meses da nova lua de mel. Minha mãe tão bonita e bem tratada; meu pai que pratica tênis no clube de campo. Os nossos passeios e sonhos... E ele. O que João tinha? Era tão pouco! Era menos que nada, porque ele nem podia contar *com a saúde* — talvez aquilo a que nossa família menos dava importância, no nosso "mundinho" poluído em São Paulo.

— Não vá ficar com dó de mim.

— Não fico, não.

— Tem coisa que acontece de um jeito pra se ajeitar de outro. É assim mesmo. Eu sei que eu volto. Não vou morrer de verdade, não.

— Você é espírita?

— Espírita?

— É... Pra falar desse jeito! Você acredita em reencarnação, não é isso?

— Como assim?

— Minha tia que fala. Ela é espírita. Diz que a gente morre e depois a alma da gente nasce de novo, em outro corpo. Que vai sempre reencarnando... Quando a gente é bom numa vida, aparece em outro corpo, com um destino melhor. Quando é ruim na outra vida, a gente é castigado, sofre bastante.

— Se isso é verdade, então minha família inteira devia ser o diabo na vida de antes.

Ele riu. Eu também ri, apesar da piada grosseira. A camiseta ainda estava úmida, mas vesti assim mesmo. Voltamos bem devagar. O sol por trás da gente fazia com que eu pedalasse em cima da nossa sombra: éramos um estranho bicho de pernas redondas, um corpo forte e duas cabeças.

E continuamos perseguindo nossa sombra. Aquele passeio foi o verdadeiro início de nossa amizade.

— Sabe quando você vai dormir e fecha bem os olhos, bem, bem os olhos, e de repente vê umas coisinhas piscando? Então. Eu vejo sempre a Caveira. Sempre, sempre. Ela vem do escuro;

só a cara da caveira, brilhante, os olhos soltando fogo, toda iluminada...

— Para de besteira, João.

— Não é besteira. Todo dia. Todo dia eu vejo a Caveira.

João arregalava os olhos, esticava as mãos para a frente, como uma múmia que queria me pegar. Levantei da beira da cama. Ele riu.

— Tá vendo? Você ficou com medo.

— Fiquei nada. Lá tenho medo de mentira?

— Pode perguntar pra minha mãe. Já falei pra ela que eu vejo a Caveira. Ela sabe, tem vez que acordo gritando.

— Então é sonho.

— Isso é o que eu conto pra ela. Mas não é sonho, não. É todo dia. É só fechar os olhos e ficar esperando.

— Até agora?

— De dia eu nunca tentei.

— Você tá com febre. É por isso.

O rosto de João tinha ganhado um tom diferente, com as maçãs do rosto bem vermelhas e acentuadas. Ele até ficava mais simpático com febre. O cabelo seco e comprido, de doente, se arrepiou quando ele imitou a Caveira. Havia três dias que ele estava com febre. Três dias que eu passava dentro daquele quarto com ele. E agora, essa história besta de assombração.

— Isso tá na tua cabeça. É bobagem.

— Como é que você sabe que é bobagem?

— Porque sei. Já li, já conversei com um monte de gente. Ninguém nunca viu assombração. Quando se morre, se morre. Não existe fantasma.

— Sei que eu vejo a Caveira.

— Caveira é osso de gente morta. Só isso.

— Você entra de noite no cemitério?

— Pra que entrar de noite no cemitério?!

— Tem coragem de passar na frente, de noite? Sem ficar com medo?

— Com medo a gente fica, mas é por besteira. Porque contam essas histórias tontas pra gente. Mas nada disso existe.

— Se você tem tanta certeza... tanta certeza assim... — Os olhos dele brilhavam. Uma luz forte, que misturava o seu cinismo com a vontade que ele tinha, nessas horas, de me derrotar. Igual no jogo de damas, quando eu ganhei três vezes seguidas e ele arrumou um pretexto pra gente brigar e parar o jogo. Eu já reconhecia aquele jeito dele, mas sempre acabava competindo. E perdendo. João fechou os olhos. — Eu estou vendo. Ela está lá, me olhando. Tem um fogo, um fogo bem vermelho no lugar dos olhos. Vem vindo de bem longe, e vem chegando...

— Para com isso, João! — gritei. Ele continuou de olhos fechados. Sentei de novo na cama e chacoalhei João pelos ombros. — Isso é idiotice, para com isso!

Ele abriu os olhos e dentro deles vi pequenas veias avermelhadas.

— É bobagem? É besteira? Então tá. É o seguinte: que horas são?

— Horas?

— É, horas. Olha aí no teu relógio.

— Quinze pras cinco. Por quê?

— Hoje você não vai embora cedo. Telefona pra tua avó, inventa qualquer coisa, que é o meu aniversário, sei lá. Fala que janta aqui. Fica aqui. Só volta pra casa lá pelas dez da noite, e volta pelo caminho comprido, aquele que passa na frente do cemitério. Deixa a bicicleta aqui, vai a pé. Nem precisa entrar no cemitério; só para diante da porta. Você vai ver se não enxerga a Caveira.

— Não existe essa Caveira. Só vou ver uma, se eu cavar uma sepultura... mas aí o que vou achar é um morto mesmo. E nada mais.

— Então você fica aqui. Quero ver.

Era ridículo topar um desafio daqueles. Eu já havia passado tantas vezes na frente do cemitério! Aliás, mal se percebia que havia um cemitério perto do centro da cidade, o velho cemitério atrás da igreja, com seus cadáveres da época da fundação de Pedra Alta, tão antigos que já deviam ter virado pó havia uns duzentos anos.

Mas aceitei a aposta. Depois que concordei, João se transformou. Tornou-se simpático e boa companhia. Fui dar o telefonema lá na mercearia: um sofrimento pra explicar para vovó minha demora e ajeitar desculpas. Voltei, e o tabuleiro de damas estava armado. João sorridente, disposto a jogar. Minhas vitórias não o irritaram; até o vermelho do rosto dele parecia ter diminuído.

Dona Rica subiu ao quarto para trazer o remédio do João, e ele disse que eu ficaria para o jantar.

— Num vai reparar, Ricardo. Pelo amor de Deus, que é comida de pobre.

Falei que não tinha importância, que eu era de casa... aquelas besteiras que se diz. Mas a mulher parecia até assustada comigo.

Como era velha, a mãe de João! Muito mais velha que vovó, mesmo tendo uns vinte anos a menos. O rosto magro e as rugas fundas, que pareciam cobertas de um barro marrom, um barro que grudava na pele das pessoas e também em toda a casa: nas paredes mofadas, no chão... E as mãos dela, com tantas veias?! O seu pescoço, vermelho e riscado. Eu não imaginaria dona Rica sendo moça, sendo bonita. A pobreza deles era um peso, uma marca muito forte a acabar devagarinho com eles.

João fingia não se importar com aquilo que eu pudesse pensar da sua família. Ele era diferente. Eu chegava a me esquecer da doença de João, a não reparar naquela magreza e naquela palidez. Ele era meu amigo. Por quê? Apenas porque não encontrara colegas da minha idade em Pedra Alta? Ou nossa amizade fora cuidadosamente cultivada por João, do mesmo modo que ele me conduzira a aceitar sua aposta maluca?

Sim, se eu fosse mais esperto naquela época, poderia ter acompanhado melhor tudo o que aconteceu. Não ficaria com essas dúvidas me fazendo ter pesadelos até hoje, 12 anos depois. Gostaria de poder encontrar João agora que já aprendi outras coisas na vida. São tantas as perguntas que eu faria! E ele me responderia.

— Boa noite — o pai de João me cumprimentou, espantado.

Eu respondi. Era a primeira vez que nos encontrávamos lá, na casa. Já o vira na rua algumas vezes, de uniforme de faxineiro e à porta da Escola Municipal de Pedra Alta. Seu Ambrósio. Era também seco e conformado, igual à esposa. Todos naquela casa pareciam ter adquirido a mesma expressão, a mesma resignação envergonhada. Menos Branco, claro, porque Branco ficava ali, largado que nem pedra ou móvel. E eu sabia como era artificial essa calma em João. Ele aprendera a fingir, só isso. Talvez fosse um jeito de deixar dona Rica em paz. Ela não aguentaria desconfiar dos mundos que reviravam por dentro de seu filho.

O jantar foi uma tortura. Para todos nós. Menos para João, porque acredito que ele começava a aplicar seu teste em mim muito antes das dez horas, muito antes de eu sair da casa dele.

Dona Rica me serviu. Reparei que ela procurou o pedaço de toucinho no feijão para colocar no meu prato. A comida deu na conta: éramos cinco pessoas e cinco pratos exatos, de feijão, arroz, farinha e mandioca. Branco não comia sozinho. Ficava sentado à mesa, a mãe enfiava uma colherada na sua boca, ele ia mastigando, desengonçado. A comida espirrava, ele babava. Com paciência, dona Rica limpava o seu queixo. Quando ele queria mais, soltava uma espécie de grunhido. A mãe tornava a pegar comida com a colher, a limpá-lo. Fiquei olhando para eles. Era nojento. Eu tentava desviar o olhar, mas de novo o fixava lá, numa fascinação estranha por aquele menino tão branco, de pele feridenta. João sorria pelos olhos quando a gente se encarava sem querer.

Seu Ambrósio tentou puxar conversa comigo, falou bem de meu avô, a quem devia o emprego público. Dona Rica foi atrás, elogiando minha avó. Queriam que eu me sentisse à vontade. Eu fazia a maior força pra comer, mas, na minha cabeça, a ideia de que o prato ou os talheres pudessem já ter sido usados pelo Branco e a impressão de que ele poderia cuspir em mim a qualquer momento estragavam meu apetite.

Finalmente, consegui terminar. Fui o último. Dona Rica foi passar um café, enquanto o Branco ficou lá, abandonado. A boca aberta, a língua de fora. Os dentes tortos e sujos de restos de comida. João estava me punindo. Por isso ficava sorridente, comentando com o pai sobre nosso jogo de damas, falando que eu praticava judô e coisas assim.

João subiu e eu fui com ele. Branco foi em seguida, pois dormia no mesmo quarto; a mãe foi logo atrás para vesti-lo e colocá-lo na cama. Fiquei vendo aquele corpo pelado, tratado com se fosse um bebê gigante; Branco e seus 17 anos, baixinho e feio. *Uma baleiazinha*, me passou pela cabeça naquele momento: *uma coisa amorfa e fedorenta.*

— Por que ele cheira assim? — me aventurei a perguntar para João, quando dona Rica saiu.

— Sei lá. É da doença.

Branco ficara largado na cama, fazendo de vez em quando um barulho infantil com a boca.

— Que horas são?

— Quase nove.

— O pessoal deita cedo. Daqui a pouco você sai.

— Eu atrapalhei à beça a sua mãe. Foi sacanagem ter ficado.

— Você viu? O pedaço de carne foi pra você. Pobre é besta mesmo. Esquece que rico que nem você come carne todo dia.

— Fiquei sem graça de recusar.

— Sabe o que a tua avó vai fazer? Garanto que amanhã ela visita mamãe. Com um monte de comida, só pra "pagar" a tua janta.

— Você acha que ela faz isso?

— É da cabeça de rico. Não estorvar. Aquelas coisas, "já falta comida na casa do faxineiro, e o tonto do meu netinho fica tirando comida da boca das crianças...". Garanto que ela fala isso pra você, assim, igualzinho...

Fiquei quieto. O quarto estava escuro. Branco começou a roncar alto. 21h, 21h10. João esfregava os dedos na beira esfiapada do cobertor. Nós dois em total silêncio.

— Agora tá na hora. Se você for bem devagarinho, às dez vai estar na frente do cemitério. Dez mesmo. Aí para no muro. Você vai ver se não aparece a Caveira.

— Ah! — quase dei uma risadinha.

João sorria e os olhos dele, na penumbra, tinham um brilho especial:

— Até amanhã.

Expliquei para dona Rica que deixava a bicicleta. Ela a guardou para mim e me acompanhou até o portão, com suas olheiras e seus vários sorrisos: "que Deus te acompanhe", "Deus te guarde", "se Deus quiser"... Eu não entendia como eles conseguiam ser tão religiosos, com a vida daquele jeito. Só me perguntava: *Se Deus quisesse mesmo, por que ia judiar tanto deles?*

À noite, Pedra Alta parecia outra cidade. As ruazinhas estreitas, escuras, o barulho dos grilos. Senti frio, mesmo sendo verão: enfiei os dedos nos bolsos das calças. Não havia vento. Os postes eram distantes uns dos outros, o que permitia longos trechos mal iluminados.

Minha avó ia me dar uma bronca. Ia falar aquelas coisas todas: que eu incomodei, que tirei comida da boca das crianças... Mas naquele momento o que menos me preocupava era vovó. Pensei em assobiar, pra aliviar a tensão. Em andar mais depressa.

21h40. Não tinha cruzado com nenhuma pessoa na rua. Uma cidade-fantasma. Fantasmas existem? Talvez em cidades perdidas, como Pedra Alta, existam. Eles se mudaram de todas as grandes cidades para aquelas do interior e se fantasiavam de gente. Gente com nomes estranhos: Rica, Mariinha, Dito, seu Nó, Sidedônio, Ambrósio. Os Ricardos Wagners e Rogérios não teriam vez em cidadezinhas assim.

Cheguei à praça. Depois era só seguir o muro da igreja, que protegia também o cemitério. Lá, as luzes eram mais fortes. Vi um casal sentado num dos bancos, respirei aliviado. E se fosse lá, conversasse, perguntasse alguma besteira: "Que horas são? Onde fica tal rua?". Mas não seria correto interromper os beijos que eles se davam. Pisei em algumas folhas secas e os meus passos fizeram um barulhão danado. Eles me encararam. Dei um boa-noite que não foi respondido. Não os reconheci: a moça deixava o rosto mais na sombra, pois talvez não quisesse mesmo ser identificada.

Ao final da praça, parei.

21h55. Era só atravessar a rua, era só seguir o muro ao lado da igreja. Depois, descer a avenida principal, aquela que separava as casas dos ricos do resto de Pedra Alta. No fim da avenida, virar à esquerda. O grande jardim da casa de vovó, com seu sobrado elegante no meio do terreno. Eu poderia percorrer o caminho de olhos fechados, se quisesse. E me lembro, mesmo hoje, desse trajeto com uma clareza impressionante. Poderia caminhar até lá na escuridão.

Lembro que isso me passou pela cabeça como um flash, enquanto atravessava a rua. E como um flash, foi o que tive de fazer: as luzes da praça piscaram um pouco e todas as lâmpadas se apagaram. Me vi no escuro mais escuro que já enfrentei na vida.

O coração batia na garganta. Eu era um estúpido, pra ter medo do escuro? Precisava me controlar. Cheguei à calçada. Respirava tão forte, assim de boca aberta, que me lembrei da expressão do Branco... uma ideia idiota... Não era medroso: nunca acreditei em caveiras que andam nem em fantasmas que voam no céu — devia ser só a luz elétrica, só um problema técnico. Não enxergava o casal, agora que a praça estava engolida pelo breu. A igreja se destacava com suas paredes brancas mesmo na escuridão, e cheguei a encostar a palma das mãos no seu muro. Era só seguir reto alguns metros. Meu relógio iluminando os ponteiros: apenas segundos me separavam do cemitério.

Cada passo veio pesado. A noite abafada. Engoli uma saliva grossa. A garganta estava seca e antevi litros de água esperando por mim na casa de vovó. *É só um muro, um imbecil de um muro... cinco, oito, dez passos.* A igreja terminava, o muro se estendia, escondendo o terreno do cemitério. Meus olhos se acostumavam com o escuro; eu enxergava o limite da parede, me libertando para a avenida principal.

22h. Os ponteiros do relógio assinalando com precisão. O muro terminando e eu indo para casa.

Foi o vento. Estranhamente, o pé de vento moveu as folhas das árvores dentro do cemitério. As folhas secas da calçada rodopiaram, um rodamoinho que jogou terra e folha a minha volta, saído do nada, bem naquela noite abafada. Senti que aquilo acontecia porque eram dez horas, e às dez horas João marcara meu encontro com a Caveira, dentro do cemitério. Eram as ruas escuras, era a solidão de estar isolado na noite e na cidade. Era o silêncio.

Não, não era o silêncio. Junto com o vento repentino, no meio do raspar das folhas entre si e batendo no meu corpo, ouvi a risada. Um riso que me parecia cínico, sibilado no meio do vento e — disso eu tive certeza; naquele momento eu tive certeza — vindo de *dentro* do cemitério.

Corri tanto, mas tanto, naquela noite! Como se o eco da risada me perseguisse, me tocasse com sua sonoridade diabólica, me ferisse os ouvidos e os atravessasse até penetrar no meu cérebro, como se fosse uma faca, um estilete que abrisse de uma ponta à outra a minha cabeça — ou era o meu coração, latejando nas orelhas? Ou era o barulho de meus sapatos? Eu corria e subia e descia a avenida principal e chegava ao portão do jardim e — graças a Deus — abria a porta da sala e encarava vovó, já preparando uma bronca, enquanto me dava colo e água com açúcar.

No dia seguinte, resolvi que não iria à casa dele. Estava magoado. De algum modo, achava que João era culpado, que ele tinha algo a ver com o susto por que eu passara. Como ele poderia ter algo com isso, se era um menino doente na cama? Tinha avisado alguém? Pedido ajuda para que me dessem um susto? Quem?

No fundo, estava irritado mais comigo mesmo, com minha burrice e meu pavor.

Não contei a vovó sobre os motivos reais do meu medo. Falei que faltou luz na praça, que resolvi vir correndo pra chegar antes, que no escuro fiquei com medo. Era melhor passar por um garotinho querendo colo do que um maluquinho que ouve fantasmas.

De dia, com a claridade forte, passei diante do cemitério. Nada. Tranquilo e branco como qualquer muro. Teria sido algum mendigo, daqueles que dormem em sepulturas e fazem gozação com as pessoas? Era uma explicação. E se João soubesse disso e planejara tudo, já prevendo me encher bastante até que eu aceitasse o desafio?

Vovó realmente foi visitar dona Rica com uma sacola de supermercado. Ficaria muito estranho recusar acompanhá-la, já que no dia anterior eu ficara lá para jantar. Tive de ir.

Dona Rica já foi até me conduzindo à escada. É claro que eu ia visitar João. Mas não queria. Naquele dia, pelo menos, não.

— Você viu? — foi o cumprimento dele, no meio dos lençóis. — Viu ou não viu?

— Não vi nada — falei mal-humorado. Estava de pé, bem longe dele.

João caiu na risada.

— Mentira faz nascer berruga. Sabia? Ou o nariz fica graaaande...

— Para de besteira. Você me pregou foi uma peça. Devia ter alguém no cemitério... vai ver um bêbado. Você sabia disso e me sacaneou.

— Se você prefere pensar assim... — Ele não estava mais tão vermelho de febre. Se não fosse doente, naquela hora eu era capaz de dar um murro no seu nariz.

— Sabe de uma coisa? Às vezes eu acho que você não vai mesmo com a minha cara. Que você só gosta é de me fazer de palhaço.

— Eu? Poxa, você é o meu melhor amigo, Ricardo. Aliás, o único. Eu só tenho você de amigo — a expressão dele mudou.

Ele não estava rindo. Falou sério e me encarando. Fiquei envergonhado de ter desconfiado dele. Mas não queria dar o braço a torcer:

— Amigo não sacaneia o outro.

— Mas eu não sacaneei. Me conta: o que é que você viu?

— Ver eu não vi nada. Eu ouvi.

— E aí?

— Aí eu saí correndo. Pronto! Tá contente? Eu saí correndo, droga, eu fiquei com medo. Era isso que você queria?

— Não precisa ficar com raiva. Todo mundo tem medo. E mais medo ainda de fantasma — ele fez uma pausa. — Todo mundo, menos eu.

— Ah, vá!

— Pior que é verdade, Ricardo. Mas não dá pra explicar. Vai ver eu já estou perto de virar fantasma; é por isso que eles ficam meus amigos. Nem da Caveira eu tenho medo mais. Eu penso que a Caveira é menos feia que o Branco. Aí não fico com medo.

Esse foi um dos mistérios de João. O primeiro mistério de João. Se fosse hoje, não teria deixado que minha raiva me impedisse de fazer perguntas. E tantas perguntas não ficariam grudadas na garganta. Por que eu não pergunto agora? Por que prefiro continuar aqui? Por que me recusei e me recuso a esclarecer o mistério? Pedra Alta continua no mapa. Verdade que vovó não mora mais lá, faleceu há anos. Mas a cidade e o cemitério ainda estão no mesmo lugar, as pessoas de nomes estranhos devem ter apenas envelhecido. Branco. Dona Rica. Seu Ambrósio. O farmacêutico. Doutor Camargo. Na época, ainda tentei falar com ele, quase me abri. Mas eu era uma criança, e o médico me tratou com um quê de irritação. Para ele, era ridículo explicar fatos médicos a um menino. Hoje eu não sou mais um menino. Mas será que eu quero *mesmo* esclarecer as coisas? Será que quero mesmo encontrar certezas? E se as respostas forem tão absurdas e assustadoras que a dúvida é pelo menos uma opção menos terrível?

O carteiro veio logo cedo, ainda me tirando da cama. Uma entrega urgente, como urgente deveria ser tudo que viesse para nós. Eram os privilégios da viúva do "homem importante". Uma longa carta para vovó, um cartão-postal para mim. Fui lendo aquela letrinha miúda de mamãe, enquanto via vovó passar uma gorjeta para o moço, que se desfazia em "obrigado", "até outra vez", "felicidades".

Naqueles 15 dias eu não havia sentido saudade de meus pais. Claro que gostava deles, mas minha amizade com João me distraía, e eu sempre fui curioso. Agora, ao ler "morro de saudade", "quando visitamos o Louvre, pensei tanto em você", "comprei um presente lindo"... fui ficando bestamente comovido e quase chorei. Mamãe, aquela mulher jovem, loira, bonita... Acho que em Pedra Alta inteira não havia uma mulher tão linda. Nem as mocinhas. Isso deve ser, é claro, um exagero, mas naquela época achava que sim. Eles se divertiam, passeavam. Por que ficar triste? Um mês e pouco e voltariam. Fins de fevereiro, até antes do Carnaval estariam de novo com a gente.

A carta para vovó trazia mais novidades: a beleza da neve, os incríveis vinhos franceses ("vou engordar uns três quilos nestas férias"), como era maravilhoso ela poder de novo treinar o idioma. Terminava com umas frases em francês, que eu li por sobre o ombro de vovó, e que a fizeram sorrir.

— "*Les peintres de Montmartre sont très charmants. J'en ai connu un qui avait beaucoup de talent!*" — ela leu em voz alta.

— E o que é isso?

— Um comentário entre mulheres, você não vai entender. E o seu cartão-postal, posso ver?

Entreguei o cartão com a linda vista de inverno da torre Eiffel. O céu de um azul-arroxeado. Os olhos de vovó pareceram se azular do mesmo jeito.

— Como isso é bonito... lembro que aqui atrás, não sei se você vê, aqui, no *Musée de l'Homme*, a gente desce umas escadarias maravilhosas e chega ao *Champ-de-Mars*. Atravessar o jardim, que maravilha, e ficar de frente para a *Tour Eiffel*. Depois o rio *Seine*, atravessar a ponte, chegar aos *Jardins du Trocadéro*.

— A senhora se lembra bem assim?

— Paris é fantástica. Você ainda vai ver. Acho que eu consigo me lembrar das ruazinhas, dos cafés. A *Place du Tertre*, em Montmartre, que sua mãe citou. Os pintores...

Talvez a chegada das cartas, ver vovó tão tranquila e disposta a conversar sem me dar ordens, o clima de proximidade... por tudo isso, naquele dia eu não fui visitar João. Ouvi por muito tempo as recordações europeias de vovó, e, à tarde, fomos passear juntos. Uma visita à dona Sônia, esposa do gerente do banco. O café da tarde que ela nos ofereceu era uma delícia e sua filha, Maria Inês, foi simpática comigo. Passou o tempo me mostrando sua coleção de selos, colocando discos de rock para ouvirmos. Era gente educada, me senti bem, conversando numa casa bonita, com um lanche gostoso. Apenas por um instante me lembrei de João. *Amanhã eu volto lá*, pensei. Era quase uma desculpa por me sentir tão aliviado e feliz, "entre pessoas da mesma classe", como vovó definiria o passeio.

Naquela noite, demorei a dormir. Lembro que estava pegando no sono e me veio o medo cortando os pensamentos — era a Caveira? — e eu senti a testa gelada, vontade de beber água. Investiguei meu quarto com ansiedade, mas encontrei apenas o armário embutido, a luz passando pela persiana.

Duas vezes me levantei para ir ao banheiro. Na segunda foi que encontrei *a aranha*. Eu estava lá, de pé, fazendo xixi, quando vi a aranha no meio do trilho do boxe. Não era daquelas minúsculas: tinha o tamanho de um caroço de azeitona. Poderia até ser perigosa.

Não gosto de aranhas. Não pensei duas vezes e pisei com força sobre ela. No trilho de ferro, ela não morreu. Arranquei apenas uma perna. Pisei e pisei de novo, esfregando o chinelo sobre seu corpo. Outra perna arrancada. Agora era uma questão de honra. Não adiantava pisar, a aranha se protegia encolhendo-se na fenda do trilho. Olhei em volta, procurei qualquer coisa afiada, ou roliça, que coubesse lá. Quase optei por um pedaço de papel higiênico. E se eu a esmagasse com a mão? O nojo me fez desistir. E se ela me mordesse? Preferi o cabo do pente, feito lança no meio do seu corpo. Dessa vez, consegui esmagar a aranha... o cabo úmido de quê? De seu sangue?

Cuspi umas 15 vezes, enquanto lavava bem o pente com um monte de sabonete. Eu é que não usava mais ele, mesmo tão lavado. Nojo. Fui deitar, e a impressão, a lembrança de pisar na aranha, de judiar dela, da sua morte lenta e dolorosa... não foi uma noite legal. Não mesmo.

Logo cedo, bicicleta. Ia comprar pão e leite para vovó. A Nonoca pediu uma folga, ia visitar uma tia. Pedalava depressa, a manhã tão bonita, prometendo um dia quente e gostoso. Estava passando pela praça quando ouvi: "Ricardo!". Brequei. Conhecia aquela voz.

João estava sozinho, sentado num dos bancos, de short e um pé de chinelo arrebentado nas mãos.

— Que é que você está fazendo aqui?

— A febre passou. Vim dar uma volta.

— Mas assim longe!

— Tô melhor.

Sentei ao lado dele. João não me olhava nos olhos; a cabeça baixa. Ia tentando arrumar o chinelo de dedo. Uma expressão nova no rosto. Nada de cinismo, nada de fingimento da doença. Triste? Ou queria me falar alguma coisa e estava com vergonha?

Mas eu sabia por que ele estava lá.

— Você ia lá em casa, não ia? — perguntei.

— Pensei nisso.

— Ô, João. Você não pode andar muito. De tarde eu ia te visitar... E a dona Rica, ela deixou você sair?

— Ela não viu eu sair, não.

— Que loucura, João!

— Você não apareceu ontem.

— Não deu jeito de fugir. Vovó tinha uma visita importante, eu tive de ir junto.

— Ela já teve visita importante antes.

— Essa eu prometi.

— Quer dizer que você foi na marra, na promessa? Não gostou nem um pouquinho da visita? — ele esfregava a terra da sola do chinelo, o dedo todo avermelhado, uma poeira fininha carregada pelo vento. Ainda não me encarava. Eu também desviei os olhos, fiquei olhando pra praça, pro monte de folhas secas que estava no chão.

— Visita de mulher, João. Conversa boba, foi uma chatice.

— Você ainda é meu amigo?

— Mas é claro, que bobeira!

Aí ele riu. Ele riu e bateu toda a poeira dos dois chinelos. Um sorriso tranquilo, com seus dentes cariados e o cabelo seco, um sorriso de um jeito que eu consigo lembrar até hoje — talvez a imagem que eu mais guardei dele, ou mais quisesse guardar dele: o seu sorriso aliviado, o chinelo arrebentado que ele consertou.

— De tarde você vai lá?

— Claro. E levo baralho. Conheço um montão de jogos: canastra, buraco, pôquer, vinte e um. Você pode escolher.

— Pôquer é jogo de rico. Esse eu não quero.

— A gente pode apostar palito de fósforo. Feijão. Pedrinha.

— Vamos ver.

Ele se levantou, foi andando devagar pelas ruas. Quase esquecia do pão e do leite e ia com ele, ajudando João a voltar. Uma figura magra, pernas compridas, cabelo arrepiado. Não sei por quê, mas João me lembrou uma aranha, uma aranha diferente daquela da noite anterior — ou lembrava aquela aranha mesmo? Uma aranha de pernas longas e arrancadas.

— Eta, Ricardo! Já tá me dando até canastra?

João recolheu a canastra real da mesa. Ia ganhando uns mil pontos na minha frente.

Prestei mais atenção no jogo por alguns segundos. Depois, me distraí. Parece que meus olhos eram atraídos, como se eu tivesse a obrigação de olhar para o Branco, bem na minha frente, sentado na cama dele.

— Peguei o morto. E direto — disse João.

— Sorte sua — revidei.

A mosca estava pousada na baba havia um ou dois minutos. Andava pelo nariz, encostava no lábio superior. Na testa. Apenas quando passava pelos olhos do Branco, ele movia a cabeça. A mosca, esperta. Voava um pouquinho, voltava a pousar nele. Preferência pela sua boca aberta: o fio grudento da saliva.

Não podia deixar de olhar para ele. Para *aquilo*. E, quando voltava para o meu jogo, reparava nos olhos brilhantes de João, sua expressão inteligente. E morrendo. Se pudessem trocar de lugar... Por que dar vida e saúde ao Branco? E fazer meu amigo tão doente?

— Bati.

— Droga, morri com três curingas na mão.

— Você não viu que eu já tinha canastra? Pego o morto?

— Não reparei.

João contava os pontos. Nem comecei a contar, ele tinha ganhado de certeza, levei a maior lavada.

— 3 210.

— Campeão — levantei, estralando os ossos das costas, doloridos naquela posição ruim. Sem perceber, fui me aproximando do Branco; o olhar grudado nele.

— Que é que foi, Ricardo? Tá com uma cara...

— Como ele é feio — a mosca fugiu quando me aproximei.

— Não vai dizer que foi ele! Isso é desculpa de perdedor.

— Ele é sempre assim? Nem se mexe?

— Assim é melhor. Pior quando tinha ataque. Agora faz tempo que não tem. Uns dois anos. Com o ataque, era o cão.

— *Ataque* de que jeito?

— Ataque. Se joga no chão, enrola a língua. O olho entra pra dentro. Eu, a mãe e o pai... tinha vez que a gente não conseguia segurar ele. Durava pouco, mas era o inferno. Assim quieto é melhor. Não amola.

O cheiro do Branco marcava todo o quarto. Talvez João não percebesse mais, só que para mim era muito forte. Odor de coisa velha. Bolorenta. Lembrei de uma amiga da escola, lá em São Paulo, reclamando da avó dela, com 87 anos. Ela dizia que a avó já tinha cheiro de baú. Branco era novo, mas também era velho o seu cheiro. Uma caspa grossa no couro cabeludo. Quanto mais eu olhava, mais eu encontrava coisas nele, coisas pra me deixar com nojo. E quanto mais nojo eu tinha, mais olhava.

— Tua mãe volta logo?

— Daqui a uma hora, acho. — João embaralhava as cartas. — Por quê?

— Aí ela tira o Branco daqui.

— Para de olhar pra ele. Parece que o doido é você.

— Você já nem liga pra ele. Mas eu ligo.

— Vem jogar. Você dá as cartas.

— Jogar, jogar! Você não percebe que ele fede? Que não dá pra ficar perto dele, que ele fede e fica aí, comendo mosca e nem percebe?

— Comer mosca não mata.

— Antes... — ia falar "antes matasse", mas percebi a burrada. Não se pode desejar a morte de ninguém. Nem daquela coisa. Coisa, coisa. Dentro da minha cabeça, eu nem sequer pensava no nome do Branco, eu pensava em Coisa. Eu chamava ele de Coisa.

— Pra que ficar com tanta raiva?

— Você sabe o que me dá raiva? Sabe? Que ele tem uma saúde que vai levar uns duzentos anos pra morrer. Enterra pai e mãe, e ainda fortão. E é uma injustiça com você. Você, inteligente e legal, tá doente.

— Você acha que eu não pensei nisso? Quantas vezes você acha que eu não pensei nisso?

João misturou todas as cartas. Ele ficou triste. Eu fiquei triste. Que besta eu fui. Em vez de animar o João, de fazer João se distrair e esquecer a doença e aquele mundo horroroso, ainda provocava — pra piorar tudo.

— Desculpa, João. Burrada minha.

— Tudo bem — ele ergueu a cabeça, olhos úmidos, mas não chorou. — Eu acho que a gente não pode fazer nada. Ou pode?

— Não, não pode.

— Então deixa o Branco em paz. É só num olhar pra ele. Com o cheiro a gente se acostuma. Vamos mudar de jogo?

Eu topava qualquer coisa que ele pedisse, depois dessa besteira, depois dessa tarde comprida de domingo.

A sorte parece que não ia quebrar nosso "acordo": eu ganhava sempre nas damas, enquanto João parecia atrair as cartas boas no buraco. A gente até marcava cara ou coroa pra decidir o jogo, senão um virava o eterno "judas de Aleluia" do outro. Muitos dias fizemos isso, comparávamos nossos pontos, prometíamos novas jogadas. E naquela tarde especial, tudo sugeria um dia de carteado tranquilo. Verdade que um dia antes João reclamara das pernas, pesadas. E eu achei que ele ou estivera chorando, ou andava triste, porque os olhos me pareceram inchados.

Mas estava bem: não ganhou de mim três vezes?

Dona Rica me recebeu do jeito de sempre, falando que João estava me esperando. Subi os degraus de três em três; a caixa de damas chacoalhando debaixo do braço.

O quarto, em penumbra estranha para as três da tarde. João debaixo de um cobertor. Olhos fechados.

— Que é que você tem, João?

— Não sei — falou baixo.

Eu, sem conseguir enxergar direito porque tinha vindo da claridade, entrei até o meio do quarto.

— O Branco está aqui?

Um cheiro diferente no ar. Abri as janelas, escancarei. Era o que eu sempre exigia, quando o Branco ficava conosco.

— Não abre isso! — João gritou.

Levantou um pouco o corpo da cama: sua palidez meio amarelada, o inchaço dos olhos mais intenso. Parece que teve tontura, caiu com o pescoço pra trás. Nos olhos, medo. E ele nunca fingia para mim. Dessa vez era verdade.

— Pelo amor de Deus, João! Diz aí o que você tem. Fala...

Cheguei perto dele, levantei as cobertas. O cheiro vinha dele, levemente familiar, adocicado. Puxei também o lençol e vi a mancha vermelha, um marrom-avermelhado que ele não conseguiu esconder, na altura do estômago.

Foi a correria. Dona Rica me pediu que chamasse o doutor Camargo, enquanto tirava as roupas de João, tentava limpar, arrumar. Não sei quantas vezes derrapei na minha bicicleta. Doutor Camargo tinha consultório ao lado da igreja. Duas velhotas na sala de espera. Na hora da afobação, esqueci que eu poderia ter telefonado, em vez de ir pessoalmente. Tempo, tempo, perder tempo era perder João. Por que sangrava tanto o João?

Expliquei tão depressa que o médico pensou que fosse alguma coisa com vovó; a custo falei do João.

Voltamos no carro dele — a bicicleta larguei no consultório. O médico dirigia devagar. As ruas quietas e um calor tão violento que parecia nascer do chão; o ar tão quente que parecia fazer as casas e as árvores tremerem. Entrei no quarto junto com o médico. Dona Rica chorava à cabeceira da cama. *João, João*, eu pensava. Era a morte? Era ela que tinha vindo? A Caveira, a levar meu amigo? João estava de olhos fechados. Respirava. Graças a Deus, respirava.

Doutor Camargo começou o exame, mediu pressão. E colocou nós dois para fora, eu e dona Rica. O que ele pensava que eu era? Um frouxo, que não podia ver sangue? Se soubesse do passeio de bicicleta! Esperamos na cozinha. Dona Rica tão imóvel, sentada à mesa, e eu não conseguia parar de andar, de um lado a outro, incomodado com tamanho silêncio. Queria que ela falasse alguma coisa, chorasse, reclamasse... e ela, feito uma estátua enrugada.

Séculos depois, os passos do médico na escada.

— Agora ele está dormindo.

— Que é que deu nele, doutor? — quem perguntou fui eu. Para dona Rica, talvez bastasse saber que ainda estava vivo.

— Sangramento é comum em leucemia. Desta vez, complicou com nefrite.

— E O QUE É NEFRITE? — percebi que gritei com o médico só depois de ter perguntado.

Ele fez uma careta, como se quisesse saber: "Quem esse moleque pensa que é?". E devia estar certo, eu era só um "amiguinho". Mas tinha o *direito* de saber detalhes, discuti-los — assim meu pai fazia, e assim minha avó fazia quando tratavam com médicos, com advogados. Eram nossos direitos! Dona Rica continuava muda e estátua. Branco grunhiu alguma coisa, lá do quintal.

— Problemas no rim. O sangue sai na urina.

— E o senhor não vai internar, não vai levar pra algum lugar, não...

— Por enquanto está sob controle. E, dona Rica, não sei se internação... — fez um gesto com as mãos, meio que apontando para a mulher. Ela parecia em outro mundo, ouvindo e não ouvindo a gente. Ele suspirou. — Se fizer dieta, tomar injeção e esses remédios...

O médico tirou uns remédios da valise e estendeu para dona Rica. Aí sim parecia que ela tinha acordado, agarrando os vidros. De propósito, o médico deu as costas para mim e foi falando com ela. Me coloquei entre eles e peguei os remédios.

— Mas ele vai ficar bom?

— Não existe "bom" em leucemia, mocinho. Dona Rica, ele não pode comer coisas com sal. E precisa cortar proteínas: a alimentação dele tem de ser apenas calórica...

— Mas o que é isso? O que pode, o que não pode?...

O olhar do médico teria congelado minha espinha, se eu não fosse um Almeida Mascarenhas.

— Arroz sem gordura, pão, chuchu, bolacha, batata. E nada de carne, feijão, ovo.

Como se ele comesse isso! Carne. Imagine!

Pão, bolachas... Fui decorando aquilo que eu pretendia trazer para ele, no dia seguinte. O remédio seria caro? O médico tinha dado dois vidros. Se precisasse de mais, dona Rica teria dinheiro pra comprar?

Hoje me espanta lembrar como João tomava poucos remédios, para alguém tão doente. Doutor Camargo não podia ser um médico tão ruim, devia medicar, passar receitas. Ou será que dona Rica não podia pagar tratamento e, na sua filosofia da pobreza, "se Deus quer assim, nada se pode fazer"?

— E repouso *mesmo*, dona Rica. Sem levantar da cama. E sem visitas — olhou para mim, quase contente de me tirar de lá. Era isso?

Dona Rica tentou falar umas coisas, agradecer. As lágrimas e a vergonha não deixaram que terminasse nada. Ela só agarrou os remédios e ficou lá, chorando.

— Amanhã de noite eu passo aqui. Você não vem, Ricardo?

Tive de ir. Precisava pegar a bicicleta no consultório e, depois, ele praticamente me arrancava dali. Apertei as mãos de dona Rica, falando baixinho que voltava no dia seguinte. Ela apenas me olhou; os olhos brilhando no meio do rosto enrugado.

No carro do médico, tentei saber mais detalhes, porém ele se fechou de vez. Só uma pergunta aceitou responder.

— Tempo de vida? Um ano, no máximo. Com agravamento e outras doenças, talvez seis meses.

Seis meses. Um ano? Era tão pouco tempo! Era concretizar uma coisa que eu considerava ainda muito remota. Nos meus planos, nós seríamos amigos por anos e anos, e não essa amizade de datas definidas, cartas marcadas.

A semana que se seguiu à doença foi terrível. Eu realmente estava preocupado, nervoso. Mas apenas um dia consegui ver João.

Logo na tarde seguinte levei uma grande sacola de mantimentos para dona Rica: coisas da despensa de vovó, coisas que eu mesmo comprei com meu dinheiro. Dona Rica estava mais tranquila, me agradeceu (e a Deus — tudo era Deus na boca daquela mulher!) a cesta de compras e disse que João dormia. Pedi para vê-lo assim mesmo, nós dois subimos ao quarto e enxerguei seu vulto descansando no sono. Era melhor mesmo que descansasse. Voltei logo para casa. E quando cheguei não precisei de muito esforço para saber que vovó estava zangada comigo. Ela me esperava na varanda, o rosto sisudo, as costas muito retas, como se forçasse para ficar bem mais alta que eu (já que tínhamos quase a mesma altura).

— Precisamos conversar, Ricardo.

Fiquei quieto. Nós dois, em pé. Os passarinhos fazendo o maior escarcéu no quintal.

— Você já está exagerando. Não é assim que se faz, Ricardo.

— Faz o quê, vó?

— Essa história toda, com aquele menino. Um menino doente, Ricardo. Você pode pegar alguma coisa, é perigoso.

— Que pegar, nada, vó! É câncer. Isso não pega, eu sei.

— Não sei se pega ou não pega. Mas não está certo — ela fez uma pausa, talvez procurando palavras, tentando me convencer. — O que você faz é bonito, distrair o menino, ser amigo dele. Mas não tanto assim, Ricardo. O dia todo, vocês trancados no quarto, naquela casa. Depois, tem aquele menino com... dificuldades mentais... não é coisa pra sua idade. É... — ela procurou a palavra certa — é quase *mórbida* essa amizade.

Doutor Camargo tinha falado com ela, tive certeza. *Velho metido*, pensei. Mas não respondi.

— Eu me preocupo com você, Ricardo. E quero que me prometa: prometa que você não vai mais lá.

— Isso eu não vou fazer, vó. Ele é meu amigo.

— Amigo... Mas que amigo? — ela se irritou. — Que coisa, Ricardo! Por que você é tão teimoso? Que é que esse garoto tem assim de tão importante pra ser seu amigo?

— Eu gosto dele, vó. A gente joga, conversa. Que é que tem?

Vovó suspirou. Diminuiu um pouco a altura dos ombros, o que me incentivou a levantar mais a cabeça. Nos olhamos bem nos olhos. A ruga do canto de sua boca diminuiu.

— Está bem. Então me prometa que você não vai lá pelo menos por um tempo. Deixa ele em paz, deixa o doutor Camargo dar alta. Certo?

Dei um beijo em vovó. Ela era melhor que aquela víbora do Camargo, e talvez me entendesse muito mais do que eu imaginava. Ou talvez ela fosse somente uma avó querendo ver o netinho contente. Não sei. Mas sei que, se ela não me desse força naquele dia, talvez tivesse de desistir de João. E, naquela época, por nada no mundo eu queria interromper nossa amizade.

Só voltei a ver João quando vovó me acompanhou numa visita à dona Rica. Talvez ela e o médico tivessem se telefonado, ou ela percebera a minha ansiedade durante a semana: o meu isolamento no quarto, vendo TV a tarde inteira, a bicicleta abandonada na garagem. Não que eu pensasse em João o tempo todo, mas o tempo todo eu sentia que faltava alguma coisa — um pedaço de mim mesmo não andava bem. Vovó me deixava vencer nas damas, tentava me levar com ela a passeios, comprou um jogo novo e até lemos juntos as instruções. Mas, dentro de mim, eu antecipava a cara de João, aprendendo as regras, reagindo a contragolpes, rindo alto quando ganhasse de mim.

Dona Rica agradeceu a cesta de mantimentos, falou que João já podia comer coisas mais fortes. Eu, louco pra subir as escadas. Mas não me deram vez pra interromper a conversa. No fim, fomos os três escada acima.

João de pijama novo, cabelo penteado. A pose de doente comportado a seduzir as visitas. Nem sinal do Branco.

Elas conversaram e conversaram, lá no quarto. Parece que nunca iam sair. Eu olhava pra João, ele fugia um pouco com os olhos, fingia prestar atenção na conversa delas. Quando as duas finalmente foram tomar um café na cozinha, a expressão dele mudou.

— Trouxe as damas?

— Você tá louco! Minha avó me bate, se eu fizer isso.

Nós dois rimos. Feito bobos. Uma risada de quem tivesse pregado uma peça em alguém, feito uma enorme molecagem.

— Essa foi por pouco, hein?

— Demais — respondi.

— Mas eu tinha certeza que ainda não era a hora. Certeza.

— Deixa de ser mentiroso, João... vai dizer que não deu medo?

— Medo que doesse, que eu ficasse pior mesmo. Mas tem tempo.

— Tempo, tempo...

— Eu sei até o dia e a hora.

Não insisti no papo, porque aí sim seria a "morbidez" de que falara vovó. A dona Morte, sentada na cabeceira. A gente devia convidar pra jogar também? Oferecia um café? Tantos anos se passaram. Sou um homem normal, um cara que namora, joga bola, fez faculdade. Feliz. Mas ainda me assusto quando penso no jeito com que João — e eu também, porque acabei contagiado por ele — falávamos da morte. Era tão provável, tão absoluta. Às vezes, acho que ele se divertia com isso. A morte o tornava especial, mais ainda do que já era. Havia forças dentro de João que o faziam agir assim, forças que eu, naquela época, conhecia apenas em parte, e nem desconfiava do tamanho delas.

Esse nosso jeito de ver dona Morte chegar: isso me marcou tanto que hoje eu não sei fingir. Jamais usaria os eufemismos hipócritas para falar sobre ela. Eu tinha de ser médico. Mas não para enganar meus pacientes: não poderia. Raramente, quando me aparece no plantão alguma criança em estado grave, ou alguém desenganado, conto a história de João.

Em parte. Apenas algumas coisas, porque toda a história é uma incoerência, é aquela loucura que eu mesmo tento esquecer.

O radinho de pilha foi a maior surpresa. Vovó o ganhara (caixa de plástico, uma faixa de som) como brinde de seu Saad, quando trocou o jogo de sofá. E no mesmo momento me repassou o brinde.

— Se a senhora não fica magoada, vó, posso dar de presente?

— Você ainda acostuma mal esse garoto.

Mas acabou permitindo. Eu mesmo embrulhei a caixa, acrescentando duas cartelas de pilhas, que eles não teriam dinheiro para isso.

E subi ao quarto de João com o embrulho escondido atrás das costas.

— Adivinha, João.

— Dá uma dica.

— Não é de comer.

— Hummm... ainda é pouco.

— Não tem na tua casa.

— Então é tudo! Assim não vale.

— É pequeno.

— Só podia, seu tonto. Se tá escondido na tua mão...

— Com ele, você vai ficar sabendo de um monte de coisa.

— Ouvindo um monte de coisa?

— Então você já sabe!

— Sei o quê?

— *Ouvindo*, você não disse *ouvindo*?

— Fala, o que é?

Ele tinha adivinhado, ainda gozava de mim. Não fiz mais suspense. Passei para ele o radinho. Fingiu surpresa ao abrir a caixa.

— Que presente, Ricardo! Obrigado mesmo.

Branco estava no quarto, grunhiu e espumou quando o rádio começou a tocar, estendendo a mão.

— Aqui, procê! — João fez uma “banana” para o Coisa. — Ele é capaz de comer.

Eu quis aumentar a maldade.

— E engolir. Já imaginou? Abriria a boca e sairia música. Pelo menos assim ele falava alguma coisa.

A gente riu. João foi virando todas as estações. Deixou numa música lenta, em inglês. Ficamos quietos. Branco percebeu que não íamos mesmo dar o rádio pra ele, então foi diminuindo os grunhidos.

— Vai ser uma boa companhia, quando você for embora.

— Ainda tem tempo.

— Será?

— Claro. Nem é fevereiro ainda.

Ele mudou de estação, tocava uma música da moda, não lembro o nome do conjunto: era uma dessas besteiras alegres e empolgantes. Comecei a dançar, ele aumentou o volume. Branco grunhia o tempo todo. Será que se divertia também?

São pequenos detalhes para os quais só comecei a ligar muito tempo depois. Poderia ser apenas coincidência, se fosse outra pessoa qualquer a adivinhar com facilidade as coisas. Mas vindo de João, não acredito em casualidade. Não, o meu amigo sabia, ele antecipava, captava no ar o que estava pra acontecer.

No dia seguinte ao do radinho, vovó recebeu visita do carteiro. Nova carta e novo cartão-postal. Pra mim, as mesmas palavras eufóricas e vazias — dessa vez não me senti triste: eles se divertiam, aproveitavam muito, a Grécia era linda, tinham visitado a Inglaterra... Na carta de vovó, a data de chegada: antecipavam em duas semanas o retorno.

— Mas por quê, vó? Se está tão legal, por que eles...?

— Não sei. Talvez saudade...

— Saudade, saudade. Deviam aproveitar. Juntaram a grana tanto tempo!

Fui procurando motivos para que meus pais estendessem a viagem, cumprissem as datas, só voltassem no final de fevereiro...

— Nossa, Ricardo. Do jeito que você fala, parece que nem quer que eles voltem.

— Não é isso, vó. Mas é uma pena.

Era uma pena eu abandonar João tão cedo. Isso me preocupava. Evitava pensar no final das férias, no desfecho da nossa amizade. Em São Paulo, a escola, os amigos, o judô, os passeios. Um mundo ao qual eu gostaria de voltar, claro, mas só depois que acompanhasse toda a trajetória de João. E se ele não resistisse até o meio do ano, até feriados maiores? Ou até que eu tivesse tempo de visitar Pedra Alta? Supor que ele morresse sem mim, distante de mim... isso criava um frio no peito, o medo.

— Sua mãe disse que voltam por Salvador. Vão aproveitar e ficar lá uns dias.

— Quantos?

— Isso ela não disse. Um fim de semana, talvez. Dia 8 saem de Lisboa.

Era dia 29. Tínhamos ainda dez dias. Quem sabe, outros três ou quatro em Salvador. Um descanso em São Paulo, antes de me buscarem em Pedra Alta. Quinze prováveis dias com João. Apenas isso.

Contei pra ele na primeira chance que arrumei. Acho que eu estava mais pálido que João, sem saber nem direito por quê. Afinal, nós iríamos nos separar mesmo... qual a diferença, se fosse alguns dias antes?

— Não esquenta, não — reagiu João.

— Poxa, nem parece que você é meu amigo.

— Amizade não acaba tão depressa.

Mas você acaba, pensei. Imediatamente procurei me controlar. Não queria ser tão transparente na frente dele nem magoá-lo. Ainda me lembrava da gafe de discutir com ele sobre o Branco.

— Você me escreve, não escreve?

— Claro que escrevo. E te mando uns gibis. Você quer?

— Pode mandar.

— Se minha mãe deixar, um presente. Um jogo bem legal.

— Eu não vou ter com quem jogar, Ricardo.

— Então um disco.

— Pensa no que você falou.

É mesmo, eles não tinham vitrola, e naquele tempo nem existiam CDs. Pensei em outras coisas, surpresas. Eu devia estar com uma cara preocupada, pois João tentou me distrair.

— Prepara as cartas. Vou te dar uma surra pra você tirar bobagem da cabeça.

— Jogar, agora?

— E ainda dou cem pontos de vantagem — ele anotou numa caderneta que nós penduramos ao lado da cama, para facilitar a marcação.

Acabei topando a briga. Dessa vez, ele me venceu com a pequena margem de 640 pontos.

Mamãe nos telefonou de Salvador. Fui eu que atendi. Levei um susto quando reconheci sua voz.

— Mãe! Aconteceu alguma coisa?

— Saudade enorme de você, Ricardo! Aqui em Salvador, o maior sol, depois de tanto inverno! Esse Brasil é uma maravilha...

— Quando vocês chegam?

— Dia 12.

— Já? Fica mais.

— Mas que filho ingrato! — ela riu.

— Não é isso, é que vocês... se está tão bom...

— Chama tua avó. Um beijo.

Dia 12 era antes do que imaginara. Vovó e mamãe contaram mais umas fofocas, acertando a vinda, o horário. Meu coração disparava. Eu me sentia dividido: a saudade deles e o compromisso com João. Um compromisso que nem eu me explicava, porque meu próprio amigo estava tranquilo com a separação, como se fosse *eu* o doente, *eu* que estivesse com a Morte sobre o ombro, feito papagaio.

— Bobagem, besteira, nem pensa nisso! — disse João.

Tinha sugerido insistir com meus pais para ficar mais um tempo, até o fim das férias, em Pedra Alta. João estava tomando sol no quintal, o pijama aberto no peito, a sua pele branca e fininha escondendo tão pouca carne. Olhei pra ele como se o seu coração também pudesse ser visto. Se eu forçasse a vista, talvez pudesse mesmo enxergá-lo.

— Ricardo, você tá com medo de uma coisa muito boba.

— Não é, não.

— Conta o que você está pensando. Ou quer que eu adivinhe?

Parecia que Branco também ciscava junto com as galinhas, sentado no barro. Só reagiu quando uma galinha beliscou um pelinho ralo da sua perna. Aí ele teve alguma expressão nos olhos: de dor. Gritava e agitava as pernas para cima. Dona Rica apareceu e espantou a galinha. Ele se agarrava nela como um bebê gigante, borbulhando aquelas quase palavras.

— Ricardo, a gente é amigo. Juro que não vou morrer antes de você me ver de novo. Tá contente?

— Como é que você pode jurar isso?

— Eu já não te falei que sei o dia?

— Isso é conversa. Ninguém sabe.

— Você é teimoso. Esse é o teu mal. Teimoso que nem todo mundo na tua família. Lembro que o teu avô — isso, quando eu era bem pequenininho, mas todo mundo ficou sabendo — ele brigou com um vizinho porque o homem tinha uma árvore cheia de taturanas, e caía tudo no quintal dele.

— Eu conheço a história.

— Então? Ele num comprou a casa do homem, só pra derrubar a árvore?

— Isso nem é teimosia. É burrice.

— E dinheiro.

— Também. Mas não é de dinheiro que a gente tá falando.

— Se a gente tá falando de mim, então sossega. É uma promessa, senhor Ricardo Almeida Mascarenhas. Juro por Deus que não morro antes de você voltar.

Já revi mamãe quando eu levantei e, ainda no alto da escada, senti o seu perfume. *Só pode ser dos franceses*, pensei. Desci de pijama mesmo, e engraçado que só enquanto me agarrava ao seu peito e ela me enchia de beijos no rosto percebi que sim, sentira a falta deles. Dela e do meu pai, fazendo golpes imaginários de judô e descendo um monte de pacotes do carro, pacotes com escritos em diversas línguas — parece que até embrulhados em papéis diferentes e mais bonitos.

Mamãe não se havia contentado em esperar: trouxe todos os presentes até Pedra Alta — eram casacos, jeans, tênis, um minigravador de espião, um relógio de trocar pulseiras e outras bobagenzinhas desse tipo, que eu sempre adorei.

— Como vocês estão bronzeados! Nem parece que voltam da Europa.

— Ah, mas Salvador não é linda? Dois dias lá tiram o inverno da gente — disse mamãe.

Vovó e mamãe falavam do clima, papai me puxou para outras conversas: queria saber de mim, comentar programas de televisão na Inglaterra, contar sobre campeonatos de esqui a que tinham assistido, e coisas assim.

Até as 15h, eu pouco lembrei de João, fascinado com as histórias, com as gafes que todo turista comete em terra estranha, com as descrições dos passeios. Mas às 15h era a hora da minha visita a João. Olhei quatro ou cinco vezes para o meu novo relógio, o peso num pé e no outro, o coração no mesmo tique-taque do pulso.

— Quando a gente vai pra São Paulo, mãe?

— Segunda de manhã. Por quê?

Dois dias. Eu precisava e queria aproveitar esse tempo, mas eles ficariam magoados. Ou não? Arranjei uma desculpa daquelas bem idiotas, mas que convencem família.

— Posso mostrar meus presentes pra um amigo? O que eu ganhei?

— Opa! Arrumando amigo por aqui?

— É, o João. Posso, pai? Eu volto na janta.

Concordaram. Sabia que ia colar. Catei alguns dos badulaques novos, enfiei numa mochila e coloquei na bicicleta.

Claro que os presentinhos nem iam interessar João. O que eu queria era pretexto.

— Relógio novo! — a primeira coisa que falou.

— Eles chegaram. Antes do que eu pensei.

— Quando você vai embora?

— Segunda, cedo. E amanhã... — peguei fôlego; tinha voado na bicicleta. — Amanhã vão fazer churrasco, um montão de gente vai lá. Não sei se eu venho. Parece que hoje... a gente fala *adeus*.

— *Tchau*. A gente fala *tchau*.

— É, tchau.

João ficou tentando limpar a unha suja no dente. O maior jeito de porco, sem falar nada por um tempo enorme. Pernas cruzadas na cama, a sola do pé suja.

— É só isso que você diz: "tchau"? Não tem mais nada pra me dizer?

— A gente já falou tanto. Não foi? Até que hora você fica aqui?

— Hora da janta.

— Dá pra uma partida de buraco.

— João!

— Ou de damas? — e ele sorriu.

Está certo. Jogo, jogo. Era melhor mesmo jogar. Consegui perder tão depressa no buraco que até deu pra nova partida. Foi uma longa conversa sem conversa, uma despedida em que apenas ficávamos nos digladiando, concentrados em olhar as cartas e as mãos do adversário.

18h30. Tinha de ir. João guardou o baralho na caixa, passou pra mim.

— Fica pra você. Um presente.

— Você já me deu presente. Esqueceu do rádio?

— O baralho também.

— Não, o baralho não tem parceiro. E, depois, ia lembrar muito. Não quero.

Peguei a caixa elegante do baralho, coloquei na mochila.

— Amanhã...
— Você já falou. O churrasco.
— É, já falei.
— Tá na hora. A gente se vê de novo.
— João, eu queria dizer que...
— Eu sou seu amigo — ele estendeu a mão, igual àquele jeito do primeiro dia, sem provocação, mas com a mesma rapidez, dedos bem estendidos. Apertei com força sua mão. Senti que ia chegando um calor perto dos meus olhos, murmurei qualquer coisa e saí. Me despedi depressa de dona Rica e, enquanto pedalava de volta, fui sentindo que o vento espalhava lágrimas de meus olhos: *"A gente se vê de novo", mas quando?* Um aperto no peito, uma tristeza. Novas férias: tão longe. *Eu vou escrever muito*, prometi a mim mesmo. *Eu não vou me esquecer de você, João*. Sabia que não. Como não esqueci até hoje.

E sábado acabou mesmo não sendo o último dia de ver João. Nem mesmo tive de esperar longas férias, feriados. Ao lotar o carro, segunda de manhã, mamãe deu falta de alguns presentes que ela trouxera da Europa.
— Casa de João! — bati a mão na testa, realmente surpreso. — Esqueci toda a mochila lá. Eu vou buscar...
— Então vai logo, filho. Enquanto eu ajeito o carro.
Peguei a bicicleta, que já estava lavada e engraxada na garagem, a me esperar por outras férias, e acabou usada tão depressa.
Dona Rica levou um susto quando me viu. Falei da mochila, ela logo lembrou. Tinha guardado para levar pra vovó, mais tarde, pois pensara que já tivéssemos viajado no domingo. João? Ainda dormia.

Pedi assim mesmo para subir, sem fazer barulho. Branco também dormia. O cheiro forte do quarto, com persianas fechadas. O cabelo grudava na testa de João, mas o rosto mostrava paz. Sabia que eu voltaria: era mais uma das que ele me aprontava. Não era essa a despedida que planejara? Sem palavras, apenas um cara a cara fechado no sono, vindo buscar minhas coisas. A mochila estava comigo, tive a ideia. Meu velho relógio estava lá, e ele não aceitaria o presente, se estivesse acordado. Decidi: *Você vai saber as horas, João. Toda vez que olhar as horas, vai se lembrar de mim.* Coloquei o relógio ao lado do seu rosto, no travesseiro.

Adeus, João.

Fechei a porta muito, muito devagar.

2. Rever João

SÃO PAULO TEM ESSE PODER MALUCO de fazer a gente esquecer. Claro, não esqueci João de verdade nem me vi assim magicamente transformado logo ao pisar na minha rua, a sentir a fumaça de São Paulo. Mas havia a distância. E, depois, muita coisa para distrair a gente.

Nos últimos dias das férias de verão, ainda me pegava incomodado. Às três horas vinha a ideia de que eu havia esquecido um compromisso, faltado a alguma coisa importante. Escrevi duas cartas para ele, só nesses primeiros dias. Mandei gibis também. Mas carta nunca significou coisa alguma. Pôr "São Paulo, tanto de tanto de mil novecentos e tanto", "caro amigo", "como vai você?" — até chegar no assunto, já havia erguido um muro gigante a cortar o diálogo, a tirar o gosto de verdade das palavras.

Quando as aulas começaram, aí sim tive cada vez menos tempo de escrever. Cheguei a falar sobre João ao meu melhor amigo paulistano, o Wagner. Ouvir, ele ouviu. Depois, fez perguntas que nada tinham a ver: "Vocês só jogavam, nem iam pra rua? Não tomavam banho de cachoeira?". E olhe que nem comentei do Branco! Ou de dona Rica. Talvez Wagner também, como vovó ou meus pais, acreditasse que o que eu sentia era piedade, misturada com algum tipo de solidão em cidadezinha pequena.

De João, veio uma única carta a responder minha primeira:

> Estou bem. Agora, no momento em que estou escrevendo, o rádio toca uma música bem legal. Não entendo a letra, mas sei que o cantor fala de sentimentos. Dá assim uma tristeza.

Ele escrevia coisas bonitas, pena que não continuou. Era bem diferente do meu jeito de escrever, cheio de regras e etiquetas aprendidas na escola, cabeçalho e cuidados com o português e todos os seus acentos e vírgulas.

João foi ficando um quase sonho, nebuloso. Algumas vezes, quando ia dormir, me vinha a ideia da Caveira. Mas até a Caveira se diluía diante de tanta luz elétrica e aulas de judô, aulas de inglês, provas na escola.

A novidade mais marcante em minha vida paulistana foi que comecei a fumar. Claro que escondido, ou melhor, um duplo esconderijo: da família e também dos professores e colegas da academia. O que acabava sendo duplamente atraente. Comprávamos um maço em grupinho, Wagner e mais outros, e tínhamos de acabar antes de voltarmos para casa. A gente até exagerava, um cigarro atrás do outro, quase tontura, depois da fumaça. Mas foi bobagem adolescente. Adulto, hoje, larguei desse vício. O vício que me acompanha é o da memória.

E o tempo passou: escolas, passeios, família, amigos. De fevereiro a julho, minha rotina.

Quebrada por duas grandes novidades no fim de junho.

Primeiro: mesmo "fumante" de meia-tigela, não é que fiquei em segundo lugar no campeonato zonal de judô? Minha academia, a campeã; eu, classificado para o Campeonato Paulistano. Mal cabia em mim de contente.

Segundo: entrei para o quadro de honra da escola com as melhores notas.

Essas novidades motivaram o telefonema de "parabéns" de vovó. Foi ouvir a sua voz, e a lembrança de João apareceu com a mesma força de antes. Perguntei por ele.

— Parece que igual. Doutor Camargo não falou de mais problemas.

— Vó, eu queria ir aí nas férias. Passar aí. Pode?

— É claro, querido!

Era uma surpresa para ela e para os meus pais. Em férias anteriores, eu me irritara com essa possibilidade, mesmo que apenas por alguns dias. Mas isso era antes de conhecer João.

Iríamos nos ver. *Quantos meses falou doutor Camargo? De seis a um ano.* O semestre se encerrava sem maiores crises. O ano chegaria. E, quem sabe, mais tempo. Médicos erram. A natureza se vinga, se defende. E João era muito esperto. Esperto demais pra se deixar morrer sem brigar.

Ainda nos dias que antecederam minha viagem, tive alguns ataques de dúvida. Implicava com tudo o que meus pais diziam ou faziam, como se percebesse que eles tentavam me tirar da cabeça o passeio. "Parado demais", respondeu papai, quando lhe falei dos meus planos. Hoje vejo que ele disse apenas isso; não tinha sido uma crítica. Era provável que ele nem se lembrasse de João. Eu fiquei me explicando feito doido: que queria andar de bicicleta, que tinha lá a cachoeira, que vovó era legal comigo, que ia aproveitar... Ele nem deve ter ouvido... Eu precisava era explicar a mim mesmo. Engraçado foi que me bateu um monte de incertezas, três dias antes de viajar. Eu me senti ridículo. Vi João como ele era, como deveria parecer para Wagner, para todos: um moleque miserável, doente, com irmão doido e pai faxineiro. Sujo, dente cariado. Ele nem sabia o que era cinema, não tinha lido nenhum livro legal. Não conseguia discutir sobre uma partida de futebol: ficava lá, com aquelas conversas estranhas e só, o tempo todo, jogando cartas ou damas. Nem podia correr ou passear comigo. *Morbidez*, lembrei da definição de vovó sobre nossa amizade. Ia viajar 400 quilômetros para reencontrar uma amizade mórbida. E por vontade própria.

Foi encarar os olhos de João e sentir que estava errado. Voltava a curiosidade, voltava a vontade de entender João. Não podia ser só piedade, aquilo.

Fiquei em pé, à porta. Dona Rica mostrando mais alegria do que ele.

— Olha quem chegou, menino! Veio mesmo. Que bonito você está, Ricardo! Mais alto, mais forte...

João não dizia nada, para ela ou para mim. Apenas sorria com a expressão de beato a receber visita e, quando ficamos sozinhos, retirou o sorriso do rosto. Sem tirar os olhos de cima de mim.

— E aí? Não tá contente? — perguntei.

— Pensei que não vinha mais.

— O que é isso, João?! Vinha sim.

Ele encostou a cabeça no travesseiro, olhando as folhas da árvore, janela afora. Os grilos estavam que era o diabo, estrilando na tarde quente.

— Duvido que você abra os dedos da minha mão — o olho brilhando, mão fechada e ameaçadora apontada para a minha cara.

Dei risada.

— Quer parar de palhaçada, João?

— Covarde! — aí era pra ofender.

O magrela do meu amigo enfiando a mão perto de mim, dedos fechados. Eu tinha crescido bastante. Parecia que o tempo não passara para ele: mesma altura, mesmo peso. Naquela hora fiquei irritado. Doentinho besta, ficava lá...

— Abre os dedos da minha mão. Abre, quero ver se consegue! Você não é o valente, o forte? Quero ver! Abre! Covardezinho de cidade!

— Quer parar de besteira? Eu te viro do avesso e dou nó.

— Eu falei da mão. Da mão!

Apertava tanto que os dedos ficaram até azulados, tamanha a força que ele punha. Eu não era covarde nem ia bater nele, é claro. Mas também tinha sangue nas veias. E ele estava pedindo.

Agarrei a mão dele. Não ia machucar muito, pensei. Só de leve, fingir que estava difícil, depois puxar os dedos para cima, com cuidado, porque ele sangrava mesmo à toa. Era idiota o que fazia. Mas eu era assim, com 12 anos. Subi na cama e comecei a puxar os dedos dele para trás.

— Vai! Tá difícil, é?

Fui pondo força. No começo, só prestando atenção na mão fechada dele, devo ter aumentado a força, mais e mais. Um segundo, olhei a cara de João. Os lábios até azulados, a cara virando uma careta de dor. Ele nunca ia desistir — eu matava ele, mas ele não desistia. Acabei parando de fazer força, soltei seu braço.

— Viu? Você não consegue, ninguém consegue.

— Que deu em você?

— Eu sou só o boboca doente? Sou nada. Se quisesse, se a doença não atrapalhasse, você ia ver. Batia em todo mundo.

— Quer saber de uma coisa? Vá comer titica de galinha.

— Você também, convencido. Dá a mão.

Outra provocação? Mas os dedos abertos, o pulso fino de mão de doente. Estendi a minha. Ele podia ser doido, mas eu também era. A gente tinha muito que conversar. Afinal, eu voltara. Olá, João.

A medalha virava e revirava nas mãos de João. Depois, pegou a fita e colocou no pescoço. A minha enorme medalha de judô — brilhando no peito dele.

— É bonita.

— Segundo lugar no campeonato zonal. Para 12 anos, é difícil. Mês que vem tem o Campeonato Paulistano.

Ele ficou passando os dedos na figura em relevo da medalha.

— Que pose é essa?

Peguei a medalha, classifiquei:

— É o *seoi nague*. O nome do golpe.

— Você me ensina?

— Tem de fazer força. Não sei, não.

— Só faz de conta. Vai.

Ele se levantou da cama, nós dois no meio do quarto. De pijama, meu amigo parecia quase um judoca, um desconjuntado judoca.

Fui explicando:

— Olha bem. Eu pego você pela roupa, assim. A outra mão fica firme no seu braço. Com esse braço, eu empurro pra cá, debaixo do braço do adversário. Aí eu puxo você pela roupa, pra desequilibrar. Depois, arremesso você por cima. Perde quem cai, mas aí tem um monte de regra...

— Deixa eu, agora.

A gente treinou e treinou o golpe, muitas vezes. Corrigia o que estava errado, ensinava postura, lugar exato de segurar. Nós dois levando a aula a sério. Os olhos mais brilhantes de João. No rosto, um pouco mais de cor. A respiração dele é que começou a falhar. Achei melhor parar o treino.

— Agora chega, João. Você tá sem fôlego.

— Só mais uma vez.

Ele se ajeitou devagar. Fui pra perto dele, conduzindo a pose. Ele me puxou pela roupa, ajeitou o braço. Percebi em cima da hora o que tentava fazer, e foi instintivo. Quando vi que João realmente colocava força pra me derrubar, derrubar mesmo, eu quase reagi com contragolpe; mas depois, facilitei o corpo e voei por cima dele, caindo sem me machucar no chão.

— Poxa, João! Que deu em...

Ele começou a tossir e a tossir mais, acabou sentando na cama. Os dentes sangraram, corri para buscar um lenço pra ele, no baú. A respiração forte, o pano tapando a boca.

— Seu maluco, desse jeito não dá! Que deu na tua cabeça, tá louco, quer...

Quer morrer?, pensei, mas ele sorria e os olhos estavam felizes, mesmo tendo se estourado todo, valia a glória de ter conseguido me derrubar, mesmo que só uma vez. Era uma vitória. Pena que contra ele mesmo.

— Ensina outro? — disse, quando conseguiu falar alguma coisa.

— Não hoje — eu sentei também na cama, mais assustado que ele. — Você tá bem?

— Melhor que nunca. Que legal, Ricardo! Nossa, deve ser o diabo a gente aprender tudo isso... — e ria, enquanto eu ia vendo o sangue avermelhando os seus dentes. Ele enxugava depressa e ia falando como seria bom lutar assim, perguntava como era o campeonato, como se ganhava...

No resto da tarde, tive de detalhar tudo que eu sabia sobre judô: minha última luta, por que eu peguei o segundo lugar, os golpes e contragolpes. A contagem de pontos. E esse foi nosso assunto favorito por alguns dias. João em pouco tempo sabia definir os *koka*, *yuko*, *wazari* e *ippon*, e lamentei não ter trazido fotos ou algumas revistas sobre judô.

A outra novidade que dividi com João foi o cigarro. Aos 12 anos, é claro que não era um viciado. Em São Paulo, fumar era sinônimo de bagunça. Um maço comprado por semana, dividido aos sábados entre três ou quatro colegas. Em Pedra Alta, nos primeiros dias, nem lembrei do cigarro. Mas naquela quinta-feira havia andado muito de bicicleta. Embiquei na estrada que ligava Pedra Alta a Porangaba e pedalei mais de 10 quilômetros. A vendinha onde parei na volta é que me deu a ideia: longe da cidade, ninguém me conhecia. Comprei o maço, além do refrigerante.

Tirei o maço escondido da meia, entre grande suspense com João.

— Só fumo de vez em quando. E agora você tem de ajudar, esconder aqui. Se minha vó sabe, é a maior bronca.

João matutou um pouco, apalpou toda a cama.

— Aqui no colchão a mãe num vê. Bota o lençol por cima.

— E onde está a tua mãe?

— Saiu com o Branco. Fazer visita.

— Opa! Então até dá pra acender um agora.

Tinha esquecido os fósforos, então João sugeriu que eu descesse à cozinha e achasse uma caixa. Panelas escuras do fogão a lenha, o toucinho pendurado num pau, a casa sem eletrodomésticos, sem azulejos, sem todas as coisas que faziam as cozinhas como eu as conhecia. Uma barata se escondeu atrás do pote d'água. Não descansei enquanto não cacei o inseto, esmagando-o com a vassoura, pendurada logo ali. Varri a barata pro quintal. Duas galinhas magras começaram a disputar o petisco. Dei algumas tragadas — a fumaça queimando meus pulmões — antes de subir.

— Você demorou.

— Difícil achar fósforos — fiquei perto da janela, bafejando para fora.

— É bom?

— O cigarro? Sei lá. Não tem gosto, não.

— Deixa eu experimentar?

— Você? E vai fazer bem?

— E o que é que faz bem pra mim?

Passei o cigarro pra ele. João segurou, desajeitado, pelo filtro.

— Como é?

Ensinei o gesto certo, mostrei o jeito de tragar. Ele puxou a fumaça, e puxou de novo. Começou a ficar com os olhos vermelhos, foi lacrimejando e segurando o fôlego.

— Assopra — gritei. — Assopra logo, João.

Ele caiu na tosse, a bituca voou longe.

— Que burrada, te dar cigarro!

— Você acha que isso é *bom*? — ele continuou tossindo. — Diacho de coisa ruim...

Esse virou um "segredo" nosso. Mas se João até o fim respeitou nossa cumplicidade, nunca mais permiti que tentasse fumar. Já tinha problemas demais com meu amigo, para ganhar mais um...

Julho é mês de aniversário de Pedra Alta. Entre as solenidades, no sábado, haveria uma sessão no único cinema da cidade, para convidados especiais. Vovó era um deles, é claro. Sessão às 20h, estreia de um filme americano de aventuras que eu já vira em São Paulo. Para Pedra Alta, um grande acontecimento; para João, também. Insisti tanto com vovó que ela aceitou passar na casa dele e levá-lo junto. Devia ser a segunda ou terceira vez na vida que João ia ao cinema.

— Mas só ele. Nada de dona Rica nem daquele irmão — falou vovó.

— Eu já falei, vó. João vai ficar pronto, esperando na porta.

Vovó passava perfume e terminava de desenrolar os bobes da cabeça, ainda de penhoar:

— Ele não pode fazer esforço, você sabe.

— Mas a gente não vai de carro? Vai e volta? Que esforço ele vai fazer?

João estava arrumadinho, com cabelo penteado e uma calça jeans que eu tinha dado pra ele, pois não me servia mais. Blusa de lã, apesar da noite quente. Talvez não tivesse camisa boa, ou sentisse mesmo mais frio que nós.

O filme foi bom. Eu já conhecia, então às vezes fazia algum comentário com João. Era uma história espacial, com seus monstros e naves estourando com *laser*. Havia também um mágico e uma princesa estelar. A princesa era linda e, quando o herói deu um beijo nela, eu arrepiei. Arrepiei de novo, e acho que João ficou ainda mais impressionado, já que nunca via novela... o jeito dele olhar pra moça, o jeito dele devorar o beijo, em tudo isso eu reparei, porque virava toda hora pra ele. João não me parecia muito curioso com sexo, assunto obrigatório entre meus amigos paulistanos e eu. Talvez fosse muito fraco. Talvez soubesse que não cresceria o suficiente para saber seu gosto. Mas eu vi que aquela princesa, o beijo que ela e o herói trocaram, o seu rosto lindo e a música, tudo disso ele nunca mais esqueceu.

Tive um sonho, naquela noite do cinema. Via João vestido com aqueles camisões que os atores usavam, e ele estava com um estranho chapéu, igual ao do bruxo no filme. No seu quarto, a mesma disposição das camas, a mesma janela. Mas João estava de pé e muito acima do chão, porque João flutuava no ar e me pareceu grande, forte. Abriu a mão e uma bola de luz começou a brilhar na sua palma. Fez um gesto; a bola de luz foi descendo até o chão. Ela começou a crescer, a se espichar, e foi adquirindo corpo de gente. Uma moça linda, brilhante e de cor prateada foi se formando no meio da luz. Sorria. Era ela, a princesa.

João começou a descer lentamente até o chão do quarto. A princesa sorria para ele, igual fizera com o herói. Apaixonados. E os dois se beijaram, e tudo ficou brilhante como um sol prateado... Até eu abrir os olhos e ver que já era dia, que meu quarto estava ensolarado, que eu esquecera de fechar a persiana — acho que esquecera. E me sentia excitado, não sei. De um jeito diferente do que quando falava besteira com os amigos, de um jeito até comovido, como se meu sonho fosse real, e João estivesse mesmo sendo um herói e tivesse mesmo feito a princesa se apaixonar por ele.

Claro que meu sonho era um sonho. De prateado, o quarto dele tinha apenas a cor pálida de sua pele. De forte, meu amigo se reduzia a 40 e poucos quilos no fundo da cama. De mágico, João apresentava os olhos, o brilho dos olhos grandes. Resolvi falar do sonho.

— Eu também sonhei — falou João.

— Conta o seu primeiro.

— Não vou contar, não. Foi bom demais. Se falar, estraga.

— Como é que um sonho pode estragar?

Ele só ficou sorrindo.

— Se é bom, conta. Deixa de frescura — pedi.

Eu estava muito curioso. João sabia disso e fazia suspense.

— A princesa.

— Você *também* sonhou com ela? — perguntei, surpreso.

— Por quê? Ela também apareceu no seu sonho?

— Hum, hum. Mas com *você*.

Aí ele gargalhou, ficou até vermelho de tanto rir, rir demais. E não quis que eu falasse do meu sonho, tapava os ouvidos quando ameaçava contar. Tanto fez que, pra evitar briga, o jeito foi jogar buraco e ter de aguentar uma risadinha orgulhosa, que João não fazia a menor questão de esconder a tarde inteira.

Depois do dia do cinema, João me fez um contador de histórias. Falávamos sobre filmes, histórias de livros... Ele prestava a maior atenção, fazia perguntas que eu nem sempre sabia responder. Eu me esquecia dos nomes dos personagens; ele insistia pra eu lembrar. Se batizasse algum, depois tinha de usar sempre o nome correto. Ficávamos horas assim: contei filmes de aventuras (*Conan*, *Indiana Jones*, *Vinte mil léguas submarinas*), filmes policiais da TV, histórias de aventura e desenhos animados.

— E a maldição não aconteceu. Ele conseguiu devolver a estátua do deus e o povo ficou todo feliz. Aí o cara foi embora, e acho que ainda tem uma sequência.

— Ele é bem forte, né?

— Orra! O cara tem um muque desse tamanho. Parece de pedra. É um herói mesmo, de verdade.

— Todo herói é fortão, né? Super-Homem, Batman...

— Mas tem também os outros. Lembra do *Guerra nas estrelas*?

— É, ele era um garoto.

Levantei da beirada da cama, fui até a janela. As costas duras. Pensei em pedir um cigarro, mas comecei a fazer uns exercícios de judô, chacoalhar o corpo. João continuava quieto. Dona Rica apareceu, oferecendo limonada. Topamos. Ele continuou quieto. Pensei que fosse um daqueles ataques de cansaço, agora mais constantes do que no começo do ano. Ele estava bem, animado. De repente, os olhos iam ficando opacos, cabeceava. Às vezes, ficava dois ou três minutos de olhos fechados e se recuperava. Ou, então, ele mesmo sugeria uma trégua no jogo ou na conversa.

Veio a limonada. Ele propôs um jogo de damas. Logo que dona Rica saiu, disse:

— Sabe, eu tenho, sim, uma história pra te contar.

— Então conta.

— Não lembro direito. É de um livro. E o livro tá na casa da tua avó.

— Diz o nome que eu pego pra gente ler.

— O nome eu não sei... — fechou os olhos de novo, as pedras brancas do jogo abandonadas no colo. — Sabe a estante alta, da sala? Na casa da tua vó?

— Sei. E daí? — eu arrumava minhas pedras e, adiantando as coisas, fui arrumando as dele também.

— Lá em cima, perto do dicionário. Um livro pequeno. Você abre e lê.

— Como é que você sabe do livro, se nunca foi lá?

— Já fui, sim. Antes de estar doente, fui sim.

— Comece — disse e esfreguei os dedos, acompanhando o primeiro lance. Ganhar de João ficara mais difícil. Agora ele estava esperto e conseguiu empatar duas das três partidas que jogamos.

Branco começou a gritar do quintal, cheguei perto da janela pra ver. Era uma abelha. Dona Rica estava lá, tentando acalmá-lo. Mas Branco gania alto, era pesado demais para ela. Fiquei na obrigação de ajudar. Antes, ainda falei que jogava praga, se João mexesse no meu jogo, e corri para o quintal.

Duas pessoas, e estava difícil segurar o Coisa. Olhos arregalados, apontando o braço machucado. Sei que naquela luta toda, ele acabou me babando a mão inteira. Nojo e raiva. Se dona Rica não estivesse ali, era capaz de virar uma bolacha nele.

Finalmente, os gritos diminuíram. O tempo todo sentia minha mão quente, latejando, como se a baba dele fosse contagiosa, mais do que qualquer doença que o seu irmão pudesse me passar. Ajudei dona Rica a arrastar Branco para a cozinha. Água com açúcar, colo. Larguei os dois lá, corri para o tanque para esfregar minha mão com bucha, sabão, litros e litros de água. O nojo me perseguiu por mais tempo, fiquei cuspindo, disfarçado, enquanto lavava a mão.

Voltei para o quarto nervoso, mas sem querer falar dos motivos reais da minha raiva. Lógico que perdi essa partida.

Na hora de ir embora, João me lembrou do livro, que eu havia esquecido completamente.

— *Escuta!* — gritou. Eu virei o rosto. Ele sorriu: — *Disse o Demônio...* — falou baixinho.

— Que besteira é essa?

— Nada. Só pra gozar. Não esquece o livro. Dá lembranças a tua avó.

— Tchau. Amanhã eu trago um jogo novo que vovó me deu. Vai ver que legal.

Assisti à novela com vovó e me empanturrei do delicioso pavê que a Nonoca fazia. Acabei com os refrigerantes da geladeira, vi no jornal que um filme superlegal ia passar nove da noite. Vovó parecia cansada, reclamou daquele calor fora de hora, porque era julho e deveria ser inverno. No fim, acabou não esperando o filme e foi dormir. Pedi pra ficar e ela deixou: ainda era cedo (e eu, um mocinho!).

Tinha terminado minha terceira porção de pavê e assistido à primeira parte do filme, quando lembrei do pedido de João. Bem por acaso, porque olhei para a estante e a palavra "Dicionário" apareceu em destaque. No intervalo, arrastei a cadeira até lá e comecei a olhar os títulos. O dicionário era pesado, desci com ele e deixei no chão. Na brecha entre os livros, enxerguei um volume pequeno, de capa vermelha e empoeirado, apertado entre a parede e o dicionário.

Um arrepio leve, quando afastei uma teia de aranha que se prendia entre o livro e a parede. Um arrepio maior, quando reparei na figura de uma caveira entalhada em relevo na capa dura do livro. E meus dedos ficaram todos empoeirados, e pulei da cadeira assoprando o pó de cima da caveira. Não havia nenhuma inscrição na capa nem na lombada. Nem autor nem título. Apenas a caveira.

Deitei no chão, volume à frente. Os comerciais tinham terminado, o filme que me chamava a atenção começara. Mas agora a emoção estava dentro do meu peito, coração batendo forte. E o grande enigma que o volume antigo me apresentava.

Tentei virar a primeira página, grudada de umidade. O livro só abriu páginas adiante, no começo da primeira história: "Escuta, disse o Demônio, pondo a mão sobre minha cabeça...". Escuta, disse o Demônio. Escuta, escuta... *que* DEMÔNIO? E me virei, como se houvesse mesmo algum diabo atrás de mim, agachando-se e me fazendo um carinho, como se lá não fosse a casa de vovó, com o chiado e a luz azulada da tevê, e sim a "lúgubre região da Líbia, às margens do rio Zaire. Ali não há repouso nem silêncio...".

Hipnotizado, fui lendo. Palavras difíceis, para entender o conteúdo. O zumbido nas orelhas, mais intenso que as gargalhadas no filme da tevê. O dicionário grande no chão, pois não o havia recolocado na estante. Arrastei o volume até perto de mim, fui checando as palavras: "nenúfar — tipo de planta aquática".

> [...] estende-se um pálido deserto de gigantescos nenúfares, que suspiram, um para o outro, naquela solidão e erguem para os céus os longos colos lívidos, meneando as frontes imortais...

A paisagem da Líbia, que o Demônio ia descrevendo para mim — não era EU aquele em quem o Demônio punha a mão sobre a cabeça? O que significava aquilo, essa conversa seca, e a paisagem estranha, e o Homem? —, que o Demônio avistava do alto de um rochedo chamado DESOLAÇÃO.

Outras palavras desconhecidas. Fui checando e ia recompondo em detalhes o lúgubre lugar, as faces sulcadas do Homem e o Demônio que apostrofou os elementos, fazendo vir a tempestade e o medo. O trovão ribombava, os nenúfares gemiam. E o Homem não se abalou.

> Encolerizei-me, então, e amaldiçoei, com a maldição do silêncio, o rio e os nenúfares. E não mais se ouviu o murmúrio que deles se evolava, ou qualquer sombra de som por toda a vastidão ilimitada do deserto. E de novo volvi o olhar para o rosto do Homem e seu rosto estava lívido de terror. E as letras gravadas no rochedo diziam: "SILÊNCIO" [...]

Fechei os olhos. Silêncio, silêncio. E o silêncio se fez. Olhei para a tevê, a imagem corria — era um trecho do filme, assim mudo? — a personagem andava e não fazia qualquer som. Os ruídos normais da rua — carro, apito de guarda-noturno, latido de cão — nada. Os barulhos da casa, pelo menos os barulhos da casa — geladeira ligando, tosse durante o sono, gota de torneira? Nada — silêncio.

E meu coração se encheu daquele medo, daquele terror que o Demônio colocava na noite. Quis correr como o Homem havia corrido quando sentiu que o pior mal era a ausência de todos os sons — a Morte? Era isso que o Demônio fez o Homem ver? Pensei em gritar, um segundo que durou esse silêncio violento, eu quis gritar. Mas os ruídos voltaram. A tevê voltou a ter fundo musical, um automóvel discreto passou na rua.

> E ao terminar o Demônio sua história, caiu dentro da cavidade do sepulcro, às gargalhadas. E, como eu não pudesse rir com o Demônio, ele me amaldiçoou. E o lince, que vive eternamente no sepulcro, saiu do seu fojo e deitou-se aos pés do Demônio, encarando-o fixamente.

Suspirei fundo quando terminei a leitura. Passei o olhar pela sala: era medo. E dei de cara com olhos, verdes olhos de gato, brilhando na imagem de tevê. E me levantei depressa, quase corri como o gato correu no filme, fugindo das personagens. Meu Deus, o que era isso, a testa suada e o livro à minha frente? O que era isso, livro e dicionário à minha frente, essa história louca de João: como ele sabia do livro? Do começo do livro, não foi com "Escuta, disse o Demônio" que ele se despediu de mim? O que queria dizer isso, que lugar era aquele, que silêncio total era aquele, que também me assustou e deixou zonzo, coincidindo com o que eu senti, meu Deus?

Tentei forçar as páginas iniciais do livro, lacradas pelo mofo. Devagar, o papel amarelo se soltou e vi o título: *Contos*, de Edgar Allan Poe. Ah, Poe! Eu já tinha ouvido falar dele: o cara das histórias de terror. Mas João conhecia Poe? De que jeito um caipira

como ele... será que vovó emprestara o livro, quando ele era mais novo, ou...

Coisas muito estranhas, muito. Bastante tempo fiquei ali, deitado no tapete da sala, lembrando, pensando. O lince. A maldição do Demônio. O sepulcro. Coisas de dar terror, e aquela caveira em destaque no vermelho da capa, João. O coração não conseguia paz e eu sentia quase uma vertigem, sem me afastar dali, o filme completamente esquecido na sua história engraçada. Muito tempo ainda fiquei lá, até ganhar coragem de desligar a tevê — só depois de ter acendido as luzes do corredor. E o rádio, deixei ligado a noite inteira, luz acesa no banheiro. A maldição do silêncio, o suplício maior para o homem. Eu não queria, eu estava com medo. Deixei o livro na minha escrivaninha. João tinha muitas coisas para explicar, porque aquilo sim era um mistério. O segundo (ou terceiro?) mistério de João.

— Você quer prestar atenção no que eu estou falando? Para de olhar esse Coisa. Você...

João fechou os olhos e ameaçou o terceiro ataque de cansaço em 15 minutos. Um sorrisinho escapava da seriedade.

Silêncio. Silêncio de novo, droga? Chacoalhei João pelos ombros.

— Quer me *ouvir*?

— Escuta, disse...

— Cala a boca! — gritei. Ia me alterando tanto, não sei como não meti mesmo a mão na cara dele, porque até o gesto eu fiz, levantando o braço na direção dele.

O Branco começou a fazer bolha de cuspe com a boca e me virei para ele.

— E este traste, aqui! Esse fedor me deixa doido. Eu... — tapei o nariz. — Vou abrir essa janela! — fui direto para lá, já levantando o vidro.

— Não! Hoje tá muito frio. Eu não posso.

— Cubra-se melhor. É melhor frio que fedor — levantei de vez a janela. Uma ventania seca e gelada entrou com violência, quase uma tempestade chegando. João estava com cobertor leve, não sei se forçou ou não, mas teve um acesso de tosse no mesmo instante em que abri a janela.

Desci o vidro. Ele ainda ficou tossindo sem parar. Pegou o lenço, debaixo do travesseiro, que apertava contra a boca. Escondeu o lenço depressa, mas eu vi o cuspe com sangue. Era pra me dar remorso? Ou o quê?

Aos poucos me acalmei.

— Explica isso, João. É maldade sua. Você faz isso comigo de propósito...

— Você é meu amigo.

E ele disse isso muito baixo, jeito de cansado, a respiração com um chiado. Mas eu ainda estava nervoso, nervoso demais. O livro, que eu jogara no seu colo, continuava lá, com sua caveira em relevo no vermelho, com seu primeiro conto: "Escuta, disse o Demônio [...]".

Esfreguei os dedos pelo cabelo, acho que era gesto copiado de meu pai. Quando ele está nervoso, anda de lado a outro, como eu fazia, minhas botas fazendo eco no chão de madeira. Ia da cara de João para a cara do Branco, sentado em sua cama; agora se distraindo em chupar e assoprar a bochecha, fazendo careta. O Coisa. Eu queria esganar aquilo, o Coisa. Por que ele ficava lá? Que é que deu nele, de ficar lá? Dona Rica estava em casa. Era de dia, e ele tinha de ficar com a gente? Por quê?

E foi esse o dia, lembro bem. O primeiro em que Branco grudou em mim e no João, do mesmo jeito que ele danou a fazer no resto das férias, me deixando muito irritado e atrapalhando nossa amizade. Só não sei, nunca vou saber, o que havia de proposital nessa presença. Não posso mesmo entender se havia um jogo de maldade tão forte assim no meu amigo, ou eu que enxergava dissimulação no que era porque tinha de ser.

— Não foi de maldade. Juro por Deus. Mas só me lembrei desse livro. E queria dar uma história de presente para você.

— História? Você quase me mata de medo.

— Medo de quê? Do silêncio?

— Do demônio.

— Uai, você mesmo num disse que não existe demônio?

— Claro que não. Mas estou lá, lendo história com demônio e silêncio, e de repente tudo fica parado, quieto? É de deixar doido. Às vezes, acho que o menos doido é o Branco.

João sorriu. Perguntou do jogo novo.

— Claro que eu não trouxe! Depois do susto, só peguei mesmo foi o livro.

A caveira e a capa vermelha. João passou lentamente os dedos sobre a gravura.

— A cara da Caveira parece com essa. Acho que era daí que eu lembrava.

— Mas quando você viu o livro?

— Já te falei. Coisa de pequeno. Teu avô ainda tava vivo. Acho que ele reformou a sala, coisa assim. Meu pai ainda num era da prefeitura, fazia bico de pedreiro. Foi isso.

— E como é que você sabia que o livro estava lá, tããããão alto assim na estante?

— Sei lá. Chutei. Vi uma vez, achei que tava lá sempre.

A explicação tinha lógica. Mas e o silêncio? E a coincidência da leitura com a ausência dos sons? "Minha cabeça", João responderia. Era melhor não continuar com o inquérito. A chuva começou a cair, violenta, entre trovões e uma escuridão forte, parecia que a noite chegava às cinco da tarde. Branco agora chupava os dentes, e eu nem poderia sugerir abrir a janela.

Acabei diminuindo minhas visitas a João, no restante das férias. Na época, arrumaria mil desculpas, escondendo os verdadeiros motivos. Que encontrara uma ótima vara e um bom trecho do rio para pescar. Que meus pais vieram no fim de semana, trazendo minha máquina fotográfica e três filmes — naquela época ainda usávamos filmes! Que a sessão da tarde na tevê passava incríveis histórias de aventuras. Pretextos.

E qual seria a verdade, afinal de contas? Apenas o Branco, agora uma presença constante. Não entendia por que dona Rica permitia que ele ficasse lá, envenenando o ar e a nossa amizade. Ou seria eu mesmo, magoado de um jeito sem explicação, achando que João tinha culpa em me assustar? Ou me sentia magoado também porque ele andava me escondendo muitas coisas, e coisas sérias, profundas?

As crises de cansaço. Quando João fechava os olhos e diminuía a respiração, parecia estar muito longe de onde estava; no rosto, uma expressão dolorida. O que ele estaria vendo debaixo das pálpebras? Era a Caveira? Era o Branco? Era eu? Ou andava por aquelas paisagens do lince, olhando demoradamente para o Demônio?

Isso arrepia. Isso assusta. E nem hoje gosto de relembrar alguns detalhes. Poderia olhar de novo as fotografias. As fotos não estão ali, na gaveta? Nenhuma traça as comeu, os anos podem ter apenas desbotado as cores — mas o olhar, o jeito das pessoas, o sorriso de dona Rica, a estátua do Branco, a expressão de morte nos olhos de João continuam. Essa gente não pode ter sequer existido, não pode ter sido assim. E o que me assusta mais é saber que existiram. Do jeito que estão ali, olhando de dentro do papel fotográfico.

— Fica quietinho. É agora...

Ajeitei o foco, a distância. Dona Rica, mais nervosa que os filhos. Soltara o cabelo do coque; ainda passou a mão por ele, alisou o vestido. Os três, em frente da casa.

— Pronto. Espera um pouco, vou tirar mais uma.

Tirei mais duas fotos, ainda tinha dúvidas sobre como regular a máquina e queria ter certeza de que tudo ia sair bem.

— Pode deixar, dona Rica. Mando cópia quando revelar.

— Deus te pague, menino.

Sugeri a João que ficássemos um pouco na rua. A presença do Branco era uma pedra pesada demais para mim.

Ele concordou. A custo, dona Rica puxou o Branco para casa. Finalmente ficamos sozinhos.

— Vem andar um pouco.

Devagarinho, descemos a ladeira. Barro em vez de asfalto. As casas vizinhas eram tão pobres quanto a de João, uma ou outra totalmente de tijolos. Crianças barrigudas e com narizes ranhentos. Bati algumas fotos do lugar, das crianças.

— Se você mostra isso em São Paulo, ninguém acredita que tá tão perto da capital!

— Tira uma foto de mim — passei a máquina para ele, depois de regular direitinho. João colocou o olho na abertura, eu sorri. Ele acabou desistindo.

— Que é que foi?

— Pra que a foto? Na tua casa deve ter umas mil só de você.

— Mas essa é aqui, em Pedra Alta. Depois eu mando cópia pra você guardar.

— É isso que eu não quero. Não manda foto nenhuma, tá? Nem aquelas, pra mãe.

— Não custa, João. Eu vou revelar mesmo.

— Vai ser pior pra mãe. Ela só tem foto minha de bebê. Melhor assim. Promete?

Ainda assim revelei as fotografias em duplicata. E em duplicata elas ficaram em minha gaveta por muito tempo. Mas cumpri minha promessa, João. Talvez para tristeza de dona Rica, não sei. Eles tinham uma lógica, uma lógica feita de miséria e doença que eu jamais poderia entender.

Três dias para voltar. Minha mãe já telefonara, chegavam sábado de manhã. Dizia morrer de saudade, falou que Wagner tinha também mandado lembranças. Era de novo São Paulo que me chamava, meus amigos e coisas a fazer. Era de novo a vida, chegando pelo telefone.

Para a sexta-feira eu já planejava nossa despedida. E talvez definitiva, porque o diagnóstico parecia mesmo confirmado: o cansaço, a fraqueza, maior facilidade em contrair doenças. Será que ele durava até o fim do ano?

Parece que João também já antevia a data. Estava na cama, com o pijama, é claro. Pela primeira vez, com o relógio que eu lhe dera nas férias anteriores. Cabelo penteado. Branco, dessa vez, não estava lá — a primeira coisa que reparei, aliviado, entrando no quarto.

Mas estava o cheiro.

— João, pelo amor de Deus, abre essa janela! O Branco deve ter feito sujeira aqui, o que...

— Não foi o Branco.

— Ah! Agora o que é que...

— Sou eu, Ricardo. Mãe levou tem duas horas. Já lavou o chão. E ainda tá desse jeito.

Hoje sei o nome científico: melena. E já senti dezenas de vezes o odor que empesteia hospitais e quartos de doente quando o sangramento ocorre no estômago e é digerido com as fezes. A vergonha fez João demorar a me explicar o que era. Talvez não soubesse exatamente. Talvez se achasse culpado por fazer "cocô tão fedido". Fui saber melhor por dona Rica, mais tarde. E por doutor Camargo, que encontrei na casa de vovó, no dia seguinte.

Na verdade, naquela ocasião quase tive um atrito com o médico. Vovó preparava sempre um "churrasco-quase-festa", quando seu filhinho do coração aparecia em Pedra Alta. Papai e doutor Camargo falavam sobre João, e eu sabia que o médico fazia críticas, sabia pela expressão do rosto de meu pai que o médico ia formando a cabeça dele. Não consegui deixar as coisas assim.

— Doutor Camargo, ontem o João me contou. Bom, ele fez cocô com sangue. E isso...

Doutor Camargo olhou para meu pai daquele jeito "não disse que essa amizade não é boa para o menino?". Fervi. Sabia que não deveria fazer isso, claro. Sabia que era um abuso e que ia levar uma bronca. Mas falei — e falei alto — com o médico. Que era um absurdo deixar um menino morrer desse jeito, sem ser internado. Que não tentassem, ao menos, salvar meu amigo. Que leucemia não pega e eu não corria perigo nenhum. Até isso falei. Meu pai gritou "Ricardo!" três vezes, até conseguir se impor e eu sair correndo para o meu quarto.

Já não sabia se valia tanto a pena salvar meu amigo. Salvar fisicamente, isso eu sabia irremediável. Mas salvar dentro de mim. João começara a entrar naquela outra esfera, vamos chamar assim. Ficava diferente. Estranho. Ele me ouvia, claro. Falava comigo. Contávamos histórias. Até jogávamos cartas. Mas havia uma barreira. Começava a se construir um muro alto e pesado que nos separava. Como se João soubesse que aquela era uma aventura que ele teria de enfrentar sozinho e não poderia de maneira alguma contar comigo. E o jeito com que me olhava! Havia mesmo a mão do Demônio no seu ombro. E os olhos do lince não seriam tão penetrantes como os seus olhos, em certos momentos, quando ele sorria de um jeito como "esse menino não entende". Esse menino era eu. E ele? Não tinha apenas um ano a mais do que eu? Por que a expressão velha, de séculos de diferença de idade?

Mas era possível explicar isso a um médico velhote e tapado, havia trinta anos clinicando em Pedra Alta? Claro que não. A meus pais, jovens e de cidade grande, preocupados com a saúde do filho único e garotão? Era idiota de minha parte esperar que eles entendessem alguma coisa que nem eu mesmo consegui — até hoje — explicar.

3. Esquecer João

E EU VOLTEI. Não interessa muito contar detalhes — mas voltei. Dessa vez, bastante disposto a entrar na rotina de São Paulo, quase aliviado por sair de Pedra Alta, por poder de novo encontrar gente normal e respirar um ar que, mesmo poluído, era menos mórbido. Quase concordando com meus pais: aquela amizade não me fazia bem.

Juro que tentei e me joguei com decisão em todas as tarefas: estudos, campeonato de judô, aulas de inglês. Por algum tempo, me saí superbem nessas atividades: terminei o bimestre, entrei para o quadro de honra da escola, segundo lugar. Passei do básico para o avançado em inglês. Fiquei em terceiro lugar no Campeonato Paulistano de Judô. Eu, Ricardo Almeida Mascarenhas, era um vencedor. A vida corria nas minhas veias: vitória em todas as atividades que quisesse entrar. Fiz coincidir o orgulho que minha família sentia de mim com o que eu queria de mim. Não mandei as fotos para Pedra Alta nem para vovó. Não escrevi para lá. Os dois ou três telefonemas foram formais e não perguntei sobre João. Acabou. Queria — dessa vez eu queria mesmo — esquecer João, como se ele fosse um sonho difícil ou alguma bobagem que a gente comete quando se é criança e idiota.

Mas em outubro tivemos de visitar vovó, dessa vez por motivo absolutamente imprevisto: herança. Desde que vovô morrera, havia três anos, não se tinha resolvido o destino de uma grande área de terra na divisa da cidade. Naquela época vovó estava recebendo uma excelente oferta de uma imobiliária. Depois de vários telefonemas e cartas, tanto papai quanto tia Adelaide decidiram que a venda era viável. A assinatura dos herdeiros, essencial. Precisaríamos voltar lá.

Tentei imaginar pretexto para não ir. Que tinha coisas a estudar. Treino de judô. Amigos. Mas eles optaram por unir os feriados, de 12 a 15 de outubro. Não haveria aulas para mim nesses dias. Papai não trabalhava e poderia ainda "enforcar" um dia. Era o ideal para todo mundo.

Quatro dias em Pedra Alta. Dessa vez, família e compromissos. Tia Adelaide e tio Carlos tinham três filhas, uma mais chata que a outra: Magda, Madalena e Marlene — 10, 7 e 5 anos. Mais novas e meninas. O que era de doer. Por quatro dias inteiros! Meu mau humor chegou a contagiar papai, que me deu uma bronca daquelas no restaurante da estrada, quando ameacei levantar sem comer.

Não era com papai minha irritação, claro. Nem com qualquer problema de herança, eu lá entendia disso? Mas, na minha cabeça, havia desmarcado compromissos com João. Pedra Alta me fazia rever esses planos. Como estar lá e não ir visitá-lo? Pelo menos ficar sabendo dele, como estava? A data se aproximava. E o que eu faria com Branco, dona Rica? Não poderia escapar. Quando todos sabem da sua amizade, te cobram por ela. Eu precisava defender minha posição, mesmo que tivesse mudado de ideia.

Mudei de ideia, mesmo? Alguns meses, por acaso, separam tanto a gente?

Percebi mudança em dona Rica, mais magra ainda, mais nervosa ainda. Pés-de-garra-de-ave. Reparei na sandália gasta, os dedos com unhas compridas, encardidos. As pernas magrinhas. Era um passarinho magrelo e feio, aquela mulher. E ela, não sei se ficava contente de me ver. Me fez subir rápido, queria me levar logo até o seu filho, o doente e que iria morrer cedo.

Engraçado que me senti forte quando olhei para João. Muito mais forte que ele. Nada dos conflitos de antes: *Devia ter vindo? Que faço aqui? No que ele pensa?* Nada disso. Eu vim porque meus pais vieram. Estava ali cumprindo um dever social — até cristão — com um doente. E João? Que João? Era um garoto da minha idade, que foi amigo, e poderia morrer logo. Só isso. Objetividade.

— Tudo bem, João? Como é que está? E aqui, tudo bem? — ia batendo a mão na coxa, botas novas e calças do último modelo. Dei minha voltinha pelo quarto, evitando olhar para Branco, na cama dele. Dona Rica já havia desaparecido de nossa frente. Engraçado: ela estava quase com medo. Quase medo de quem? De mim? Ou do próprio João?

Ele estava na sua "crise de cansaço" — olhos fechados, palidez e cabeça apoiada em dois travesseiros. Reparei que sua pele mostrava pequenas manchas avermelhadas, iguais a veias que estouram debaixo da pele em mão de velho. Coitado. Mas não era piedade, nada disso. Eu me sentia tão idiotamente importante, por conseguir controlar meus sentimentos! Por colocar uma máscara fácil, parecida com a de meu pai, que domina o próprio nervosismo pela gesticulação excessiva, pela voz mais alta. Parecia fácil, dessa vez. Esperava alguma besteira: estender a mão, ameaçar com o punho? Ah! O que aquela coisinha caída na cama poderia fazer contra o terceiro colocado no Campeonato Paulistano de Judô?

E ele não fez nada. Abriu os olhos. Permaneceu totalmente parado. Nem um dedo levantou. Acho também que nem sorria.

E começou a sangrar. Vagarosamente, o sangue começou a correr de seu nariz, fluindo sobre a camisa. Vagarosamente, de sua boca começou a correr sangue também, unindo-se ao sangue que corria de seu nariz. E o lençol, na altura da barriga, foi ficando também vermelho, como se João me esperasse para o espetáculo: o show do menino-que-sangra-por-qualquer-lugar-que-quiser.

Me embrulhou o estômago. Doeu. Não havia máscara que resistisse àquilo. Eu gritei: “João!”. Tremi inteiro, nem sei se Branco também não ficou grunhindo e sofrendo junto com ele. Mas sei que comecei a chorar, de um jeito que eu só me lembro de ter feito quando era muito criança, talvez. Porque estava com medo. Com muito medo de que João esperasse eu voltar para morrer ali, na minha frente.

Devo ter chorado por muitos minutos. Devo ter enterrado a cara nas mãos e ajoelhado ao lado da cama como se ele fosse um santo ou qualquer coisa parecida, mas, quando ergui a cabeça e olhei para ele, não via mais nada. O rosto pálido. Os lençóis limpos. E ele, sorrindo.

Eu ainda chorei, agarrado no ombro dele. E por muito tempo, acho. Eu ainda não conseguia — nem consigo, nunca — explicar por que fiz isso, ou o que senti naquele momento. Mas estava com medo. E João talvez me explicasse esse medo, me consolasse desse medo me abraçando, me sentindo perto dele, enquanto o Branco chupava a bochecha, ritmadamente, num intervalo de alguns segundos.

— Eu até sei quando vem. E não dói. Faz todo mundo ficar impressionado, mas não dói.

Dois dias depois, João me explicava seus sangramentos. Branco e seu cheiro, amenizados pela janela aberta. Retorno do verão, ainda mais em Pedra Alta, onde sempre faz calor.

— Como é que você está, João? Não confio no doutor Camargo. Ele não fala nada.

— Fala sim. Sei que fala. Eu não duro até o fim do ano, Ricardo. Guarda na folhinha: até o fim do ano. E o pior é que eu sinto, sabe? Sinto que meu sangue tá todinho correndo, pra cá e pra lá, doido pra entrar nos eixos, mas não consegue. Tenho até medo do que eu vejo quando fecho os olhos. Eu queria tanto ficar bom, Ricardo. E sei que não dá mais.

Ele falava isso sorrindo — ou é minha memória? Quatro dias infernais. Uma briga sem soco, na casa de vovó. Tio Carlos se colocando como "chefe da família" e discutindo com papai a herança. Coisa assim de migalha entre milhões. Vovó muito magoada com aquela exibição de egoísmo. Mamãe irritada e resmungando: "Antes não tivesse vindo". E eu, me dividindo entre João e o "fazer sala" para primas chatas, metidas e queimadas de sol.

Quatro dias *infernais*, repito. Talvez estivesse ainda mais sensibilizado — não esperava nada daquilo. O clima da casa de vovó também contagiava minha amizade. Saber que o prazo era tão pequeno... Todo o nosso tempo se fazia pouco, contabilizado. Eu sofria ainda mais, porque pressentia o nervosismo e a tristeza de João.

Acabamos ficando dois dias além do combinado, porque finalmente a família concordou em assinar a venda dos terrenos.

Problemas burocráticos e documentos que faltavam: papai foi para São Paulo, tio Carlos para o Rio. Mas fechavam negócio. Vovó voltou a oferecer licores caseiros e churrascos. Mamãe a trocar com tia Adelaide receitas domésticas e cremes para celulite. Parece que a paz se restabelecia.

Entre o João e eu também. Ganhar dois dias me tranquilizou. Perceber que a família estava mais calma me tranquilizou. Até dona Rica também sorria quando eu chegava. Eu não queria mais sair dali.

— Ricardo, você já olhou bem o Branco?

— E tem de olhar pra ele, João? — eu fumava escondido meu terceiro cigarro da tarde. Tanta coisa acontecendo me deixava nervoso. Ficar nervoso me fazia fumar.

— Se ele tivesse cabeça, ele ia ser tão feio assim?

— Que é que você quer dizer com isso? — esmaguei a bituca no parapeito da janela, joguei no quintal. As galinhas correram lá, bicar a comida que não veio.

— Cabeça. Se ele fosse assim que nem a gente. Ele seria o quê?

Suspirei fundo e observei o Branco. Olhei como se olhasse pela primeira vez. Fingi que não via a bochecha pra fora e pra dentro — cacoete dele. A pele descascando, cheia de placa branca. A caspa da cabeça. O vermelho do nariz, da testa. Como se ele pudesse ser gente!

— Não sei. Ele é feio de qualquer jeito.

— Mas imagina que ele tem cabeça. Que ele é um cara assim como qualquer um. Ele seria tão feio?

— Ele é feio porque é doente.

— Se não fosse doente...

Lembrei do Ritchie, meu professor de inglês. Ruivo, gorducho, cheio de sardas. Parecia com o Branco? Não. Lembrei da Mariângela, a descendente de italiano, da minha classe. Era loiríssima e tinha caspa. Lembrei da amiga da mamãe, a Dora. Era branca assim, tomava sol pra diabo e vivia de nariz vermelho. Não eram... o Branco.

— Acho que não. Ele é... não dá nem pra dizer o que ele é. Ele devia estar internado. — Virei a cara, virei pra janela, respirei o ar de fora, mesmo que fosse o ar do quintal e da fossa, das galinhas ciscando. Vento, ar, liberdade. Gente normal. São Paulo. Qualquer coisa que não fosse aguentar o Branco, o olhar esquisito de João sobre mim.

— Você não tá conseguindo pensar. E se ele tivesse cabeça?

— Ele não tem, droga! O que você quer que eu faça? Que bote você no lugar dele? Não posso fazer isso!

João deu uma risadinha, um riso pequeno e malandro. Foi isso mesmo que fez? Ou é a minha memória, que prega peças ou ouvi mesmo ele murmurar "mas eu posso"?

— São 14h50.

— É a terceira vez que você fala as horas. Aprendeu agora? — ia embaralhando as cartas, o cigarro apoiado no cinzeiro, despreocupadamente.

Dona Rica não me dissera nada, apenas uma tarde apareceu com o cinzeiro e colocou do meu lado, em silêncio. Não me incomodei que ela soubesse. Tinha certeza de que não contaria a vovó. Ser Almeida Mascarenhas, em Pedra Alta, é até mais importante do que a idade.

— Daqui a três horas você vai embora — falou João.

— Pra ser exato, três horas e vinte minutos — respondi. — Você dá o morto.

— Não sei se quero jogar.

— Tá ganhando e vai desistir? Nada disso. Pode cortar.

— Canseira.

— Justo agora, João? Não vai me mandar embora, vai?

— Que é isso?! Mas não quero jogar.

O jeito era recolher o baralho. Dona Rica levara o Branco até a casa de vizinhos. Pelo menos nos despediríamos em paz.

— Como é que vai ser sua vida, quando crescer, Ricardo? Conta pra mim.

Eu sorri.

— E essa, ainda! Sei lá como vai ser, João. Não tenho bola de cristal. Vou ser grande.

— Você faz 13 anos o mês que vem.

— Hum, hum. Você me escreve? Dia 6 de novembro.

— Seis de novembro. Vou lembrar. Mas escrever, não sei se dá.

— Claro que dá. Teu pai leva no correio.

— Não é esse o problema, levar carta. É o outro.

O outro? Ou a Outra nos espiando de cima da cama? Esmaguei o cigarro na metade, fiquei encarando aquele céu de azul exagerado, que, depois, na vida, reparei só existir em Pedra Alta. Calor danado, e João com o cobertor leve.

— Queria que o Branco estivesse aqui.

— Você deve estar maluco. Já fica aqui até demais. Falei com a sua mãe, João. De leve, pra não magoar. Mas o Branco aqui, tanto tempo... não faz bem pra você.

— Por isso ela levou o Branco junto! — ele gritou. E parecia quase assustado.

— Claro! O que é que tem? Hoje a gente se despede, pra que ter o Coisa enchendo?

João manteve a expressão dos olhos, cara muito pálida.

— Que bobeira, João! Daqui a pouco eles voltam, pronto! E você pode ficar olhando a cara dele até enjoar, se gosta. Mas eu vou embora daqui a pouco, e...

— O Branco... — ele falou baixinho. E fechou os olhos, o rosto imóvel sobre o travesseiro.

— Eeeeeh, lá vem com a crise de cansaço? Quer parar de fingir?!

João não respondeu. Eu suspirei fundo, restavam-me a janela e o céu de Pedra Alta. *O que vou ser quando crescer? Mais essa!* E o que eu seria? Com 12 anos, ainda não decidira por coisa alguma. Tinha um futuro iminente, que gostaria de resolver de um jeito feliz. Continuar no judô (mas também continuar fumando). Entrar mais vezes no quadro de honra do colégio (e ter tempo pra ir a cinema, jogar bola). Fazer meus pais terem orgulho de mim (mas manter a liberdade de passeios e farras com amigos). Começava a encarar a vida de um jeito diferente, a encontrar dúvidas e a descobrir que essas dúvidas colocavam a gente mais perto da vida adulta. Aquilo que se quer ser e aquilo que é possível ser. A morte de João deve ter me ajudado a decidir, hoje acredito mesmo nisso. Os mistérios da vida e da morte, a luta contra o desaparecimento definitivo.

Dona Rica chegava pelo quintal. Vinha afobada, tentando segurar o Branco, que andava depressa e parecia extremamente agitado. Estranhei, porque ele era sempre um modelo de bovino. Virei para João para comunicar a chegada. Seu rosto, tão imóvel que parecia não respirar. Nada se movia nele, e eu me assustei.

Corri para João, toquei em seu rosto, em seus braços. Minha memória passa pelo filtro da amizade, e, afinal de contas, eu era um garoto. Pode ser impressão, mas não sentia o pulso dele. Não consegui perceber sua respiração; apenas via o seu rosto totalmente imóvel. A boca fechada e sem sinal de ar saindo pelo nariz...

Ameacei correr e cheguei a abrir a porta, pronto pra gritar por dona Rica ou pelo doutor Camargo. Dei de cara com o Branco, que me olhou — era *medo* que eu li nos olhos dele, naqueles olhos vazios, sem expressão?

Ouvi a risada de João às minhas costas.

— É o Branco que chegou? — ele sentava na cama, ajeitando travesseiros.

Olhei para Branco, que se arrastou lento até a cama. Apenas sua respiração forte mostrava que alguma coisa diferente tinha acontecido: sua corrida ao quarto.

Ele ficou lá o resto da tarde. E quebrou, em mim, a disposição de conversar mais com o João. Falamos coisas gerais, um filme a que assisti, um desenho na tevê. E nossa despedida acabou quase formal: mão contra mão, cabeça acenando um adeus.

4. Renascer João

O RESTO, EU POSSO SUPOR. Posso usar da minha imaginação. Posso — o que cheguei a fazer tempos depois — ligar acontecimentos pequenos, casualidades. Pressentimentos.

No meu aniversário, 6 de novembro, acordei pensando nele. Sabia que João ia se lembrar de mim nesse dia. E com muita intensidade, porque um doente tem pouca coisa a fazer, e esse tipo de promessa fica guardado na memória. Depois, não éramos amigos? Sabia também que vovó ia ligar, de noite. Ia me dar os parabéns, uma desculpa pra justificar por que não pudera vir. Conversar com ela era saber sobre João, e não queria perder essa chance.

Meus pais ajeitaram uma festa. Dia 6 caiu numa sexta-feira, dia ótimo para reunir os amigos — tanto os meus quanto os deles. Foi bater oito da noite em ponto — olhei no relógio — e o telefone tocou. Era o interurbano, eu sabia.

— Vovó? — corri para atender antes de mamãe, numa pressa inconsequente, pois sabia que apareceria a voz da gravação, antes da voz educada de vovó. Tempos antigos, de interurbanos difíceis.

E a risada... Não foi impressão. Não foi sonho nem bebedeira — 13 anos, eu ia ter bebedeira? Mas a primeira coisa que ouvi foi a risada. Nada de telefonista. Nem de vovó. Voz masculina, mas também não era um homem. O jeito que João tinha de rir quando fazia canastra ou me dava um lance especial em damas.

— Alô? — fiquei repetindo "alô" feito uma besta, tantas e tantas vezes. O riso não se repetiu. Havia alguém na linha, ouvia a respiração. Ia gritar "João!", quando a voz da telefonista interrompeu minha agitação, confirmando o interurbano e a entrada da voz de vovó cantando *Happy Birthday* (em inglês, é claro!) e prometendo presentes em dobro para o Natal...

Eu não estava doido. Nunca estive tão sério e lúcido em minha vida. Tinha sido ele. Como? Ah, como! Como tantas coisas, meu Deus. Naquele dia, realmente acreditei na possibilidade de João poder me seguir vida afora e me acompanhar mesmo a distância, ali, em São Paulo, na minha própria casa. Ele poderia me ouvir e me ver, tão confuso e comovido eu estava depois do telefonema. Assustado. E deveria estar estranho também, quando mamãe veio me abraçar e reparou nos meus olhos úmidos. Ela ficou comovida comigo, pensando de um jeito idiota que era porque vovó não pudera vir. Passou a mão nos meus cabelos, prometeu uma breve visita e disse que era bobagem ficar pra baixo. E eu, ameaçando um choro que estragava a festa, quando estava com medo. Medo dele, de seus olhos brilhantes, enquanto seu corpo desaparecia debaixo da doença. Medo de mim mesmo, daquilo que ele poderia me fazer, se quisesse... e eu tinha um futuro a enfrentar, coisas a fazer! *Eu não vou com você, João*, pensei. *Não vou acompanhar você nessa aventura. Era isso que você queria de mim? Nunca. Nunca mesmo, isso não é mais amizade!*

Dormi enxergando a Caveira. Com todas as luzes acesas, ainda ouvindo as vozes de dois amigos de papai na sala, e a cabeça girando de tanta música e conversa — até duas da manhã. Mesmo assim, eu ainda morria de medo de ver a figura da Caveira abrindo a porta e dizendo para mim: "Escuta", com a mão pousando sobre minha cabeça...

Foi no dia 20 de novembro. Sei que foi no dia 20 de novembro por muitas razões. Primeiro, levantei cansado, noite de pesadelos e febre — não que estivesse doente, mas a febre eu sentia no meu coração, debaixo de cada nervo e músculo. E me lembro dos sonhos. Coisas como cometas riscando a noite. Risadas e gente se desfazendo: gente que parecia com o Branco — palidez e ferida na cara — e sorria. Ainda sorrindo, enquanto via a pele se soltar, caindo como uma estátua de barro malfeita, pedaços de carne se despregando, até restar só a caveira — e a caveira também me sorria. E o cheiro — meu sonho tinha cheiro —, o cheiro do sangue e das fezes, o cheiro do Branco se misturando com a cara de um abutre. E um lince, um lince saindo de dentro de um túmulo, enquanto o vento rodopiava pelo ar quente das madrugadas de Pedra Alta e as risadas se misturavam com o odor. O sangue corria pelas ruas da cidade e descia a avenida da casa de vovó, de encontro a mim; eu ia nadando e me afogando naquele rio escuro, pesado...

Só não sonhei com João. Com *ele* mesmo. Nada de seu sorriso e de olhos brilhantes.

Foi dia 20 de novembro. Não precisei de telefonema de aviso, não precisei nem mesmo do sonho. Ainda cheguei a ir à escola. As duas primeiras aulas foram terríveis, porque recordava dos sonhos e fui rabiscando no caderno, cada vez mais depressa, mais nervoso. Reparei que desenhava a Caveira sem querer, quando um arrepio de medo passou por todo o meu corpo, e olhei de repente para o relógio: “9:55”, marcava o digital.

Só não gritei nem sei bem por quê. Pedi licença à dona Cláudia apenas levantando o braço. Tapando a boca. Correndo para o banheiro, o estômago em muitas voltas. Era o medo. Mais que o medo. Vomitei forte, mal alcancei o vaso sanitário. Até lágrimas saíram dos olhos, e via João e sentia que era ele, mas não consegui chorar. Trancado no reservado, primeiro quis me aliviar da tensão. Bateram na porta, chamaram pelo meu nome. Fora da porta, sabia que outros se movimentavam — talvez avisassem dona Vera, a diretora. Continuei trancado ali, alguns minutos. Medo e, mais que isso, a forte sensação de vazio em todas as partes do corpo. Só quando apoiei a cabeça no azulejo, e o frio me despertou, é que eu percebi: estou vivo. Claro que estava, era idiota isso. Mas João...

Abri a porta antes que a diretora autorizasse o arrombamento. Molhei o rosto, quase tomei banho na pia, tanta era a necessidade de água, de sentir que meu corpo se aquecia, que meu rosto voltasse a ter cor. Nem precisei explicar: a palidez e o estômago embrulhado me autorizavam dispensa. Claro, para todos, aquilo era só um garoto que misturou batata frita com café da manhã, passou mal. Foi o mesmo que falei pros meus pais.

Permaneci na cama o resto do dia. Mole, o corpo adormecido por cãibras e dores. Recusava-me a pensar. Olhava apenas para o relógio, de vez em quando: "9:55" continuava lá, precisando o instante.

Naquele relógio, que desde então nunca mais funcionou.

Claro que melhorei. Claro que não contei nada a ninguém.

Dois dias depois, vovó apareceu. Vinha fazer compras, vinha a passeio. Trazia o presente atrasado de aniversário, e mais que isso: mamãe deve ter-lhe contado pelo telefone da minha reação à nossa conversa. A possibilidade de ter magoado o netinho

era terrível para qualquer avó. E, se era algum tipo de remorso, pagava com um cheque de valor mais alto que o comum. Mas as informações que ela me trazia, isso sim, eram meu melhor presente.

Não precisei pedir, porque o fato era muito especial. E todos em Pedra Alta o comentavam, entre surpresos e espantados.

Algumas informações vieram por ela mesma, naquele dia. Outros detalhes consegui com doutor Camargo, com dona Rica. Seu Ambrósio. Vizinhos. E Branco...

No dia 18 de novembro, a pneumonia.

João já vinha com gripe forte desde que eu saíra da cidade, um mês antes. A gripe persistiu. Apareceram sangramentos mais frequentes. Demoravam a estancar. A pneumonia encerrava o ciclo. O fim. Dois dias João agonizou. Permaneceu lúcido, entre períodos de febre e sono. Sedativos fortes, remédios fortes. Doutor Camargo, uma presença constante. Ainda se aventou a hipótese — só naquele momento! — de ele ser internado. Dona Rica disse que não. Que era promessa para o garoto. Ia, "já que Deus queria que fosse", morrer lá, na cama dele. O Branco não saiu do quarto.

Chegou a acordar calmo no dia 20. Tomou café. Dispensou a injeção de sedativo. E ficou olhando o Branco. Os dois ficaram sozinhos, talvez duas, três horas. Fechou os olhos. Devia ser por volta de nove e meia, quando fechou os olhos.

E morreu.

Demoraram algum tempo para descobrir que João estava morto, porque Branco teve a pior crise de epilepsia de toda a sua vida. Dona Rica, sozinha, não pôde com ele. Revirava os olhos, contorcia o corpo todo. Ensopou o chão com todos os líquidos, de urina, de saliva, até de sangue. Deu tempo até de chamar o doutor Camargo, tanto que durou a convulsão — quantos minutos? Quase uma hora, segundo dona Rica. O médico chegou a tempo de ver a crise passar e ele cair em sono profundo. E de reparar no corpo de João, coração parado, sem respiração. Um dia inteiro dormiu o Branco. O que era normal em casos de crise aguda como essa.

E Branco acordou, depois de 24 horas de sono. Quando abriu os olhos, talvez dona Rica estivesse por ali, vestida de luto pela morte do caçula, ou mesmo seu Ambrósio, em dispensa do serviço. Branco se agarrou no pai e na mãe e chorou. Chorou por muito tempo, talvez murmurando palavras que ninguém entendia. Era a primeira vez que Branco chorava. Chorava alto, com grunhidos.

Branco melhorava.

O Natal nós passamos em Pedra Alta. Data de reencontro, toda a família lá. Talvez a primeira vez que tia Adelaide não arrumava pretextos contra a festa coletiva, trazendo as filhas e os sogros, os pais de tio Carlos. Éramos uma família feliz.

Não a única. Ouvi doutor Camargo explicando o caso clínico, talvez pela milésima vez, caso difícil, mas não impossível.

O médico se fazia mais sério conversando com papai, e ambos dividiam o bom uísque que papai trouxera, e eu fingia jogar damas com Madalena, mas ouvia a explicação. Hoje, médico, sei da impossibilidade clínica. Mas o velhote impressionava o leigo, usava termos técnicos, palavras que agora me são familiares: coisas sobre erros de metabolismo... mas que havia outro diagnóstico, porque o cretinismo advém do hipotireoidismo... ah, como é ridículo justificar o que aconteceu pela ciência! Mas a ciência explicava o caso e, se acontecera a recuperação, então por que duvidar da Medicina?

Foi devagar que se constatou a mudança em Branco. Primeiro, o choro. Alguns dias depois, o controle urinário, das fezes. O pedido para usar o banheiro. A voz, aos poucos se afinando e se firmando e formulando palavras. No Natal, era capaz de se trocar sozinho e manter um diálogo de mais de duzentas palavras. Atingia a idade mental aproximada de 4, 5 anos. Crescia.

Fomos à missa do galo. Em Pedra Alta, esses rituais se tornam obrigatórios. Eram motivo para minhas primas usarem vestidos novos. Acredito que a cidade inteira cabia na capela. Havia igrejas na zona rural, mas a Sé era obrigatória aos bem-de-vida como nós. Porém dona Rica também estava lá.

Nunca a vira tão bonita. Tinha esquecido que ela era a mulher que eu havia batizado de "pés-de-pássaro". A expressão de uma miséria tão antiga quanto a cidade. Não, ela também renascera. Olhei para dona Rica várias vezes, tentando ser discreto. Ela tinha um brilho nos olhos. O marido usava terno, ficava mais jovem assim. E Branco, com o cabelo penteado e o paletó justo em sua barriga meio alta, apenas olhando o papel, mas seguindo as vozes de todos durante as músicas.

Minha avó ainda se despedia de amigas na porta da igreja. Minha mãe já no carro. Papai não escapara dos amigos de infância. Minha prima Marlene dormia no colo da mãe, também no carro. As outras primas, de cochichos entre si. Resolvi fumar, e fui me afastando deles: havia um lugar escondido nos fundos da igreja. Perto do cemitério, aquele mesmo cemitério que quase me matara de medo algum tempo atrás.

Tinha acabado de acender o cigarro, apoiando o pé no portão de ferro, quando ouvi chamarem meu nome.

— Ricardo?...

Pensei em esconder o cigarro. A risada era quase conhecida.

— Não tem medo, Ricardo.

Forcei a vista. Quem falava comigo vinha do escuro, e eu não via seu rosto. Mas sabia quem era. Muita coisa podia ter mudado. O cheiro, não.

Parou tão perto de mim que a fumaça do cigarro ficou girando entre os nossos rostos.

— Eu falei que voltava, Ricardo. Falei sim. E você não entendeu.

Branco sorriu. Nos olhos, um brilho forte, intenso, profundo. Tremia tanto que meu cigarro caiu dos dedos. Ele agachou, com dificuldade pelo seu corpo pesado. O cheiro me invadindo o nariz — uma sensação visceral, mesmo que estivesse mais interessado em saber por quê, como... Peguei o cigarro que ele me estendeu com extremo cuidado, evitando tocar nele.

— Não é tão ruim quando tem cabeça, Ricardo.

Eu segurava o cigarro, reto como se fosse uma arma, apontando para o Branco. Apagaram as luzes dentro da igreja. Agora sim, nós nos víamos numa penumbra profunda, só a claridade de longe, na rua e na praça, nos deixava enxergar um ao outro.

— O cheiro. Do cheiro você não gostava. Isso não dá pra arrumar. Mas tem cabeça, Ricardo. Mas tem vida.

E ele sorriu. Mais que sorriu, ele se abraçou em mim, igual naquele dia em que me abracei a João e solucei e explodi num choro que ninguém mais poderia ter provocado, porque meu amigo sangrava e eu não podia fazer nada. E era o Branco — *era?* — que me abraçava assim, e sei que meu corpo ficou tão duro que senti frio e sei que a voz de mamãe gritou de dentro do carro e eu corri. Nunca mais olhei para trás, e vi apenas de canto de olho meu amigo gesticular um adeus, o sorriso igualzinho, mas agora em um rosto pálido e maltratado por quase vinte anos de doença. Mas ele teria de aprender a conviver com aquele corpo — e eu?

Eu carrego essa loucura comigo. Não posso sequer pensar nisso que fico mal, começo a tremer. Por que não volto a Pedra Alta, não procuro por ele? Pelos outros? Não escrevi a ninguém nem falei ao doutor Camargo. Não vão me chamar de louco, também? Ou dizer que tudo foi imaginação de criança e que há explicações para tudo, que a ciência nos mostra casos, nos aponta curas milagrosas, naturais?

Mas naquela noite, enquanto me libertava do abraço do Branco, e ouvia vovó resmungando "Onde foi parar esse menino?" e eu atirava longe o cigarro, enquanto afastava as lágrimas dos meus olhos, eu sei que a risada que me acompanhou era a *dele*. E que, se eu olhasse para trás, veria o loiro baixo, tronco de macaco, me acenando e rindo, rindo com uma alegria sobrenatural, porque havia conseguido alguma coisa muito especial.

Meu amigo João, é a sua risada que me interrompe as noites, em pesadelos. Ou em meio a consultas, conversas. Porque você me venceu, mais do que em qualquer jogo de damas ou baralho.

Você venceu a morte.

Os Sonhos de Marcia Kupstas

Nas páginas a seguir, você encontra informações sobre a autora, além de uma entrevista especial.

VIDA FEITA DE HISTÓRIAS

"O que você quer ser quando crescer?"

Toda criança, de hoje ou de ontem, já ouviu essa pergunta um milhão de vezes. Marcia Kupstas sempre soube a resposta. "Meu pai contava que, aos 5 anos de idade, quando eu ainda não sabia ler ou escrever, sentava no colo dele e ditava histórias. E ai dele se depois lesse alguma coisa diferente do que eu havia dito."

A memória da infância revela a vocação da autora que, hoje, integra o time de grandes nomes da literatura infantojuvenil brasileira. Mas o sucesso não veio sem esforço. Quando ainda cursava Letras na Universidade de São Paulo, buscou oportunidades para mostrar seu talento, chegando a publicar contos em diversas revistas. Percebeu que a carreira era mais do que imaginava. "Foi deslumbrante descobrir que o que eu faria de graça pudesse virar profissão."

Essa empolgação a motivou a escrever seu primeiro livro, *Crescer é perigoso*, estruturado em forma de diário de adolescente. O sucesso de público foi tremendo, e logo veio o reconhecimento da crítica: em 1988, levou o prêmio Revelação Mercedes-Benz de Literatura Juvenil.

A partir desse dia, recebeu convites de diversas editoras para transformar outros sonhos em livros. Desde então, publicou mais de cem obras e ganhou diversos prêmios, um currículo que faria brilhar os olhos da pequenina Marcia, que tanto sonhou em um dia fazer parte do mundo das histórias.

SOL, PRAIA E MUITAS LETRAS

Nascida em 1957, Marcia descobriu o gosto pela leitura na infância, incentivada pela mãe, Elisabeth. Nessa época, conheceu a obra de diversos autores, dentre eles Monteiro Lobato, cuja coleção de obras infantis guarda até hoje.

Na faculdade, Marcia participou do grêmio acadêmico e publicou em jornais alternativos. Logo voltou à sala de aula, dessa vez como professora de redação. Aproveitou a oportunidade para disseminar seu amor pela leitura.

Marcia aos 4 anos.

Aos 14 anos, na cerimônia de formatura do ginásio (que corresponde atualmente ao ensino fundamental 2).

"Acho que o bom de lecionar é isso, dividir a sua paixão pelas histórias para despertá-la nos outros", comenta.

Nessa época, mostrava seus escritos para todo mundo que pudesse lhe dar sugestões e oportunidades. Dentre essas pessoas estava o jornalista José Edward Janczukowicz, com quem se casou e teve dois filhos, Igor e Carla.

Foi ainda como professora que Marcia teve a ideia para sua primeira novela juvenil. Observando seus estudantes, criou a história do tímido Gustavo, o descendente de japoneses que começa um diário para contar suas frustrações, seus amores... A narrativa intimista e franca de *Crescer é perigoso* conquistou o público adolescente, que se identificou com a obra: "Muitas das dúvidas do protagonista certamente fazem eco no coração de milhares de leitores", a autora afirma.

Apaixonada pelos jovens e pela profissão, Marcia não parou mais de escrever, e os diversos títulos que publicou depois seguiram o mesmo caminho bem-sucedido do primeiro — o livro *Eles não são anjos como eu* ganhou o segundo lugar do prêmio Jabuti em 2005.

Ainda realizou outro sonho de sua infância: morar na praia. Hoje ela vive com o segundo marido, Paulo, em Ubatuba, cidade do litoral norte do estado de São Paulo.

Atualmente, Marcia aproveita os dias quentes e tranquilos para curtir a praia e ler. Também trabalha bastante: escreve e revisa seus livros, e ministra palestras e oficinas em feiras de livros pelo Brasil.

Agora que você conhece um pouco mais sobre a vida e a obra de Marcia Kupstas, confira nas próximas páginas uma entrevista especial sobre *A maldição do silêncio*.

MARCIA FALA SOBRE *A MALDIÇÃO DO SILÊNCIO*

***A maldição do silêncio* é um livro de suspense crescente, que traz elementos clássicos de uma grande história de terror. Por que a escolha do gênero? E como foi a decisão de fazer referência ao conto "Silêncio" do autor norte-americano Edgar Allan Poe?**

Acredito que a função primordial de uma história de terror é assustar o leitor! Então, se houve algum cuidado especial, ele foi criar clima e personagens que causassem impacto. Gosto do gênero, sou leitora assídua dos autores clássicos (Poe, Lovecraft, Bram Stoker) e dos modernos, como Stephen King. Em qualquer obra desses autores, há a intenção deliberada de causar estranhamento, de circundar a realidade com um tom sombrio que vai além das aparências. É o que procurei fazer em *A maldição do silêncio* e, pela reação dos leitores, em muitas cartas e e-mails ao longo dos anos, acredito ter alcançado meu objetivo. Em *A maldição do silêncio* fiz uma homenagem explícita na citação do conto de Poe e assumo a influência em caracterizar esse enredo mais sombrio do que na maior parte da minha obra. Na minha adolescência, conhecer as histórias de Edgar Allan Poe foi impactante. Seus personagens são ambíguos, atormentados e o clima sombrio que permeia suas histórias me fascinava. Acredito que todo adolescente tem uma "fase gótica", digamos assim, com uma curiosidade até mórbida a respeito de crimes, monstros e enredos perversos. Nada há de anormal nesse interesse, que pode ser uma necessária catarse dos problemas comuns da adolescência. Daí o sucesso de filmes de terror, de festas de Halloween ou de autores ultrarromânticos entre os jovens.

O narrador Ricardo está numa posição privilegiada, já que é neto de uma família importante e abastada da cidade. Como você enxerga esse choque do personagem no encontro com João e sua realidade?

O meio e o cotidiano de modo geral dificultam amizades entre pessoas de níveis socioeconômicos diferentes. Esta distância não é intencional, é convencional e até estatística: na escola, no clube, no bairro, etc., haverá pessoas com realidades aproximadas. Por isso, o olhar de Ricardo sobre a família de João vem repleto de preconceito, dúvida, incompreensão. Mesmo que ele goste de ficar com João, a realidade que circunda o amigo é deprimente. É normal que um garoto privilegiado tenha vontade de se livrar disso e voltar à zona de conforto.

"[...] o olhar de Ricardo sobre a família de João vem repleto de preconceito, dúvida, incompreensão"

Como você enxerga a complexidade da amizade entre Ricardo e João, em que curiosidade, medo e afeto se misturam de uma maneira estranha?

Esta mistura de sentimentos ocorre por vários motivos. Há a diferença de classe social, de valores culturais, ambiente, status. Mas ambos são diferentes também em temperamento, e o que atrai Ricardo é que o amigo, se tem tudo para ser uma criatura infeliz e deprimida, é muito mais forte até do que ele: é inteligente, irônico, crítico, às vezes cruel. Isso fascina Ricardo, que quer conviver com João até para compreender uma personalidade tão múltipla.

Na obra, percebemos que a raiva que Ricardo alimenta por Branco vai crescendo na trama, até se transformar em ódio. Como você enxerga esses sentimentos por parte do narrador?

Não diria que é ódio o que ele sente. Acredito que há muita frustração em Ricardo pela impotência diante das regras do destino: por que Branco é forte e saudável e tem deficiência intelectual grave, enquanto seu amigo João, tão inteligente e perspicaz, está às portas da morte? Isso desaponta demais o narrador. Agora, queria ressaltar que as relações familiares em que há membros doentes são geralmente tensas e ambíguas, repletas de sentimentos altamente contraditórios. Quis retratar esta duplicidade de sentimentos em meu livro. Conscientemente, sabe-se que Branco não é culpado pela doença, que merece consideração, mas, no dia a dia, causa irritação e frustração ao jovem Ricardo.

O personagem João não é um doente comum. Ele subverte a imagem de fragilidade que se esperaria de um garoto em suas condições: faz pouco-caso da relação de piedade e subserviência entre sua família e as pessoas mais ricas da cidade, mostra-se opinativo, irônico, forte. Como você construiu essa inversão na caracterização de João, derrubando estereótipos?

Acredito que é porque eu odeio hipocrisia. Se estivesse na pele de João, preferiria sentimentos claros, definidos, mesmo que negativos, à falsa piedade ou caridade da avó de Ricardo, por exemplo. Acho que a boa literatura tem de ampliar as relações humanas, retratar o homem para além de maniqueísmos. Ninguém é absolutamente bom nem mau; mesmo que João não tivesse poderes sobrenaturais, ele merece admiração por ser inteligente, perspicaz, curioso; mas também é cínico e manipulador. Exatamente por isso é um personagem tão fascinante e que conduz a trama nessa alternância.

"[...] a boa literatura tem de ampliar as relações humanas, retratar o homem para além de maniqueísmos"

A condução da história através da voz narrativa do protagonista deixa algumas dúvidas para o leitor sobre o desfecho. Foi consciente a escolha do narrador em primeira pessoa?
Foi sim. A voz em primeira pessoa de Ricardo traz um clima de cumplicidade parcial; o leitor, ao mesmo tempo que compactua com a narrativa dos fatos e compartilha os sentimentos do narrador, também vê as coisas através de seus olhos; e se houver mais além disso? Será que Branco seria tão incômodo para outra pessoa? Será que um garoto menos curioso ou menos perspicaz se tornaria amigo de João? Será que o próprio João era mesmo tão poderoso assim, ou não passou de uma coincidência o fato de Branco melhorar após a morte do irmão? São questões que se destacam na narração em primeira pessoa.

"Literatura é sangue, é carne, revela sentimentos intensos, sejam bons, sejam maus, permite que o leitor questione a si e aos outros, que amplie sua visão de mundo"

Como você vê as histórias de terror e fantasia no âmbito da sala de aula?

Questiono a literatura do bom-mocismo, do politicamente correto, que muitas escolas almejam. Literatura é sangue, é carne, revela sentimentos intensos, sejam bons, sejam maus, permite que o leitor questione a si e aos outros, que amplie sua visão de mundo. A escola que elabora a lista de livros apenas com aqueles "que não causam problemas" faz um desserviço à literatura, porque acaba definindo leitura como algo inócuo, e não é assim! Acredito que um bom livro pode salvar sua alma. Uma boa história, lida em momento certo na vida, pode trazer uma revelação sobre nosso caráter, sentimentos, relações. As histórias de terror e mistério fazem parte da cultura humana, eram contadas até entre os homens das cavernas, porque exacerbam nossos sentidos, expõem nossos temores de maneira intensa, despertam nossa imaginação e espicaçam nossa curiosidade. E, claro!, este lado sombrio do homem dificilmente é "politicamente correto"... O jovem se sente atraído por essa vertente. Um leitor motivado é ponto de partida para um excelente trabalho em sala de aula, para explorar não só o enredo, como também a elaboração do texto, a criação do suspense e demais elementos da narrativa, coisa a que o gênero sobrenatural se presta muito bem.

O leitor percebe, com a evolução da trama de *A maldição do silêncio*, que o câncer de João se mostra incurável e que a deficiência intelectual de Branco é intensa. Ambas as doenças, embora sérias, são agravadas pela falta de recursos da família. Por que você optou por retratar realidades tão duras como as dos personagens em questão?

Hoje, na verdade, há diversos tipos de leucemia que têm cura. Mesmo nos anos 1980, época em que o livro foi escrito, havia muitos tratamentos que trariam uma sobrevida para João. A doença do Branco me foi sugerida por um amigo médico – trata-se do hipotireoidismo congênito. Atualmente, ela pode ser identificada pelo famoso "teste do pezinho": se for tratada precocemente, a criança pode se desenvolver normalmente.

Escolhi duas doenças sérias e as maximizei em meu enredo, não deixando margem para a esperança. Por quê? Ora, porque é um livro de terror! Fui coerente com a abordagem temática da minha obra: se escrevesse uma aventura social ou um livro de amizade juvenil, traria outro desfecho e talvez uma longa sequência de esperançosos procedimentos médicos. *A maldição do silêncio* é uma história de clima nebuloso, por isso acentuei a morbidez da amizade e o contraponto entre as duas realidades tão distantes dos protagonistas.

DESTAQUES DA OBRA DA AUTORA

Crescer é perigoso, 1986
A maldição do silêncio, 1987
O primeiro beijo, 1987
Revolução em mim, 1990
Um amigo no escuro, 1994
O primeiro dia de inverno, 1998
Eles não são anjos como eu, 2004
Coragem não tem cor, 2006
Evocação, 2012
Quem quer ficar, quem quer partir, 2016

Esta obra foi composta nas fontes
Quadraat e Base Twelve, sobre papel
Pólen Bold 90 g/m², para a Editora Ática.